u books

来福の家

温又柔

白水 *u* ブックス

じぶんに新しい名前をつけたいな。だれにもわからない、もっと本当のわたしらしい名前。エスペランサだけど、じつはリサンドラ。いや、本当はマリッツァ、それともズィズィ・ジ・エクスがいいかな。そうだ、ズィズィ・ジ・エクスみたいなのがいいわ。

サンドラ・シスネロス

I would like to baptize myself under a new name, a name more like the real me, the one nobody sees. Esperanza as Lisandra or Maritza or Zeze the X. Yes. Something like Zeze the X will do.

Sandra Cisneros

目次

好去好来歌《こうきょこうらいか》

I

くしゃみをした。香《こう》の匂いがする。ねむる前に香を焚いたおぼえはないから、鼻をくすぐっているのは、夢の中で嗅いだ匂いなのかもしれない。

畳だった。夜具はおろか、座布団ひとつない畳の上で、あお向けになっていた。神棚があった。あたりは静まり返っている。神棚は空だった。

――どうして何もないの？

問いかけたつもりが、言葉にならなかった。

――何もないの？　誰もいないの？

言葉を発しようとするのに、口が動かない。ただ、生温かくて柔らかいものが、口の中でふにゃふにゃと動きまわっているだけだ。と思いきや、その柔らかいのは舌で、舌は、口以上に、自由に動き回っている。なのに、いつまでたっても舌先が、歯にぶつからない。たぶん、歯という歯が、この口の中には一本もない。歯のない口をあけたまま、腹の奥で力を込めてみる。やっとのことで、アァ、アァ、と声が出た、というより、漏れた、というほうが近い。声、ではなく、音だった。この、音、を出すので精一杯だった。ようやくのことで搾り出した、アァ、とか、オォといった音を他人事《ひとごと》のように聞いていた耳が、突然、うんと遠くのほうで鳴っている祭囃子《まつりばやし》の音を聞き取った。蝉の鳴く声がほんの微かに混じっていた。急に、麝香、という漢字がくっきりと浮かび上がった。ジャコウ、という音があとを追うようにやってきた。今、海の畔《ほとり》では線香が焚きしめられている。濃厚な芳香は、年じゅう漂っている潮の匂いをよりいっそうひき立て、暮れかかる海辺の雰囲気を妖《あや》しげなものにしている。ほうぼうから人びとが集まってきている。年寄りから小さいのまで一人ひとりが、それぞれの身体に見あった燈籠《とうろう》を手にして、浮き足立っている。

——置き去りにされた！

神棚が空っぽなのは、年にいちど、この日だけは、神さまたちも総出で海から龍が現れるのを見に行ってしまったからだ。

——置き去りにされた！

さっきよりも強く、言葉を発したいと思った。それなのに、アァ、とか、オォ、とかいう、あの、声とも呼べない音のような、言葉とは似ても似つかないものだけしか、やっぱり、出てこない。空気が震える。アァ、オォ、と力の限り、腹に力を込める。しおっからいと思ったら、目から滲《にじ》み出た水分が、頬を伝って歯が一本もない口の中に流れ込んだせいだった。舌が、しおっけで重くなる。腹に力を込めるのをやめた。音が途切れた。あたりがシンとした。起き上がろうとする。でも、どうしてだか、両手足にどのような力を掛ければ、身体を起こせるのか、分からない。寝返りさえ、打てない。あお向けのまま、両手足をばたばたと動かすので精一杯だった。途方に暮れる。身体と、そして言葉が自由にならないなんて。ここにいるということを、どうやって示せばいいの？　陽は沈みかけていた。燈籠の灯りが点々と浮かび上がってくる。じき、龍が棲処《すみか》である海から天をめがけて舞い上がる。年にいちど、中秋の月の夜、人びとはひとめでもと、龍の姿を拝むために海辺にやってくる。空っぽの神棚が見えた。神棚の奥から香の煙が身をくゆらせながら流れだした。畳の上で煙にさすられながら考えた。口も利けない、身体も動かせないなんて。一体、どうやってここまで来たのだろう。誰かが運んできて、置いていったのだろうか。

くしゃみをした。弾みに、目が開いた。見ていた光景は、すべて幻だったの、とでも言いたげに、さっと薄らいでいった。毛布を、肩の上まで引っ張りあげた。指先が肩に触れてヒヤッとした。さむいの？　という声がきこえ、だいじょうぶ、と応えた自分の声が少し掠《かす》れていた。

——赤ちゃんになる夢を見てた。

——赤ちゃん？

唾を呑み込んでから、舌を、歯の裏にトントンとあててみた。歯は、ちゃんとみんな揃っていた。

——おかしいね。わたしは、妊娠している。なのに、赤ちゃんになった夢を見た。

そう言っている声が、段々はっきりしてきた。もう、夜ではないようだった。でも、朝でもなさそうだった。

——妊娠していたの？

妊娠なんかしていなかった。妊娠なんかしていないのに、自分の声が聞きたくて、なんでもいいから喋ろうと思い、嘘を、言ったのだった。

——おなかの中に赤ちゃんがいるの。なのに、眠りながら赤ちゃんになる夢を見ていた……薄闇の中から、縁珠、と聞こえた。宙《ちゅう》にむかって腕を伸ばした。縁珠。それは彼女の名前だ。縁珠。彼女は、自分自身の名を意味するはずの漢字を触ろうとして、ひらひらと宙をさ迷う。毛布にくるまって天井を見上げる縁珠を、彼女は見下ろす。嘘つき。宙で縁珠は呟いた。妊娠なんてするはずないじゃない。

底に横たわっていたのは、老婆のような赤ん坊だった。

2

「ほら、あの子」

手洗いから戻ってくるなり彼は妻に言った。彼の示すほうに、黒々と光る長い髪を背中に真《ま》っ直《す》ぐ垂らした少女がいた。

「まちがえそうになったよ」

彼は言い、彼の妻も頷《うなず》きながら答えた。

「縁珠《えんじゅ》に似ているわね」

自分の名前が聞こえてきた弾みで、かれらの娘も顔をあげた。両親が自分に似ているという少女のほうを、さりげなく見やる。艶《つや》やかな黒髪がすぐ目に入る。その少女には見覚えがあった。ついさっき化粧室で鏡越しに目が合った。小さく驚いた。少女の顔にも驚きの表情が浮かんでいた。少女は、小柄で華奢《きゃしゃ》なからだつきをしていた。縁珠もそうだった。縁珠は、髪を腰のあたりまで伸ばしていた。少女もそうしていた。

「あやうく声をかけるところだった……」

父がそう言い、母が笑った。縁珠は、両親の会話から離れて、再び、視線をさ迷わせた。百九十センチはあると思われる背の高い銀髪の男が横切ってゆく。向かい側の席では、彫りが深く鼻筋の美しい女が、膝の上にのせた自分とおなじような顔の子どもにむかって、何語ともつかぬ言葉を必死に囁《ささや》いていた。子どもは長時間待たされてしびれを切らせたのか、縁珠にはまったく理解のできない言葉を甲高い声で叫び、母親らしき女性を困らせていた。むずかりだした子をあやす女のほうを、さまざまな色をした目が注目したが、どの目も、責める、というよりは、同情する、というようだった。誰もが、待ちくたびれていたのだ。そこでは、誰もが、自分の出身国が発行したパスポートを持って待機していた。縁珠と両親が持っているのは、台北駐日経済文化代表処が発行した中華民国のパスポートだった。

「縁珠も、ああだった」

泣き出した子どもを抱き上げ席を立った女の後姿を目で示しながら、母が言った。

「最初の更新のとき、あんなだった」

父が苦笑する。

「十何年経とうと変わらない。入管はよく待たせる」

母も父も日本語を遣わないので、縁珠は両親の会話を自分には関係ないものとして聞き流していたが、

「ルーグァンって何?」

父の発音した「rù guǎn」がどういう意味か気になったので、口を挟んだ。

「ルーグァン? ああ、にゅうかん、のことだよ」

父は、縁珠に日本語で言う。入管。入国管理局の略称。縁珠は納得した。縁珠たちが整理番号を引いたのは、三十分前だった。三十分前からずっと、番号札の数字が番号表示機に表示されるのを待っていた。表示機の番号は、なかなか変わらない。しかも順不同に変わるので、百人近い人間——日本に滞在しようとする外国人たち——は、自分の番号札にある数字が表示されるのを不安げに待っていた。入管はむかしからこうだったと父と母は言う。

——縁珠も、ああだった。

あの、むずかる子どもよりももっと小さかったときから、幾度となく、両親とここを訪れているはずなのに、縁珠は、入管での記憶がほとんどなかった。うんと小さい頃のことは仕方が

ないとしても、十五歳にはなっていた三年前に訪れたときのことですら、はっきりと思い出せない。きっと、今と同じように、両親の横でぼんやりとしていたのに違いない。父と母は、まだ何かを喋っていた。日本語の単語がときおり混じる両親の会話を聞くともなく聞きながら、瞼《まぶた》が重たくなるのを感じる。そのとき、柱の陰から黒髪の少女があらわれるのが見えた。父が、縁珠に見間違えそうになったという、例の少女だった。少女は長い髪を軽くかきあげると、番号表示機のほうを緊張した面持ちで確かめるように見つめた。

「似ているけど……」

父が、言った。

「あの子のほうが、大人びているかな」

母が、そうね、と小さく笑った。

「おそらく、留学生か、あるいは就学生か……」

彼らは、自分たちの娘によく似た見知らぬ少女について、彼らの母語で囁きあっている。

「いずれにしろ、入管にひとりで来ているなんてえらいわね」

ひとりじゃない、縁珠は日本語で思った。少女はひとりではなかった。手洗いを済ませた縁珠が化粧室を出ると、長い髪を背中に垂らした少女の後ろ姿がまた見えた。少女のすぐそばには一人の若い男がいた。シャツにジーンズという格好だった。少女の表情はどちらかといえば緊張で張り詰めていたが、ジーンズの男はといえば、社会科見学にでも来たという調子で興味深そうに入管を見回している。彼らの脇を通り抜けるとき、男が中国語で話しているのが縁珠の耳に、飛び込んできた。こっそりと縁珠は耳をそばだてる。少女が、苛立《いらだ》った口調で早口の中国語を言う。男が、中国語で少女に応える。一語一語を慎重に連ねた、妙に明瞭な中国語だった。日本人だ。縁珠は直感した。この男、日本人だ、絶対。

3

麦生《むぎお》が、えんじゅ、と囁く。えんじゅ、と囁きながら、歯を遣わずに唇だけで縁珠の耳朶《みみたぶ》を嚙《か》む。縁珠には、麦生がそうしながら囁くときの、えんじゅ、というのが自分の名前ではなく、何かおまじないのための呪文のように思える。麦生は繰り返す。えんじゅ、えんじゅ。縁珠は目をつむる。瞼の裏で見つめる。麦生の吐息とともに、えんじゅ、が、縁珠の耳の穴をとおって、縁珠の中に滑りおちるのを、じっと見つめる。ちゃぷん。からだの底には水溜りがあった。えんじゅ、は、そこに落ちて濡れる。楽器みたいだ、と麦生が言う。耳の穴に直接、ではなく、空気を伝ってくる声だから、やけに遠くで響いている。楽器みたいだ。弦楽器。麦生は言う。それから指で爪弾《つまび》くように縁珠を触る。アァ、という声が縁珠から漏れる。自分が漏らした声というよりも、麦生の奏でた音なのだ、と縁珠は思う。麦生は弦楽器と言うけれど、縁珠には自分が管楽器のように思える。麦生が穴を塞いだりあけたりして、音を鳴らす楽器。麦生の演奏が盛り上がるにつれて、縁珠のからだの底の水溜りは大きく波打っていく。麦生と裸でいるのが、縁珠は好きだった。裸になると、服のことなど忘れてしまったように、いつまでもそのままでいて、皮膚からたちのぼる汗と縁珠自身のにおいを、麦生の部屋にしっとりと広げていった。その日も、縁珠は裸でうつぶせていた。長い髪が、いつものように無造作に広がっていた。お尻まで届きそうなその髪は、ラプンツェルの真似だという。黒くて艶のあるうつくしい髪だった。自身の髪にみずから纏《まと》わりつくように裸で呼吸している縁珠のそばで、麦生もまた、裸のまま、うつらうつらとしていた。夢と、うつつの境目を、縁珠の気配が自由に行き来していた。だから縁珠がそれをし始めたとき、麦生は一瞬、夢の中での出来事かと思った。だが、自分の左の手首をしっかと押さえつけているのは、どうやら、ほんものの縁珠のようだった。

「何してるの?」

麦生の覚めきらぬ声に、縁珠は笑って応えた。麦生の手のひらに縁珠はちいさなものをゆっくりと押し当てていた。

「見て」

うす明かりの中で麦生が自分の手のひらを見やると、

——楊縁珠

という三文字が、くっきりと浮かび上がった。血のように鮮やかな朱色の文字だった。

「判子《はんこ》?」

麦生は目を細めた。縁珠は可笑《おか》しくてたまらないというように頷いた。麦生は手のひらの「楊縁珠」を、そっと扱わないと滑り落ちてしまうかのように、注意深く宙にかざした。楊縁珠。まるで中国人の名前みたいだ、と言いかけて麦生は呑み込む。縁珠は、象牙でできているという「楊縁珠」の判子を、麦生の手のひらのすぐ隣に掲げた。

「お祖父《じい》ちゃんがね、二十歳《はたち》のお祝いにってくれたの」

麦生は反射的にたずねた。

「二十歳？」

麦生より二つ年下の縁珠は、まだ十八歳のはずだった。

「台湾では、おなかにいるあいだも数に入れるから、生まれるとすぐに一歳と数えるの。だから満で十九歳になるわたしは、台湾の数え方だと、もうすぐ二十歳なの」

麦生は手のひらをかざしたまま、紅《あか》く滴る「楊縁珠」と、生身の縁珠を交互に見つめた。生身の縁珠の頬にも赤みがさしていた。来月、やっと十九になる。数え年で、二十歳。その祝いにと象牙の判子を贈った縁珠の祖父は、彼の妻である縁珠の祖母が焼餅をやくほど自分を可愛がってくれた、と縁珠は恥ずかしそうに麦生に告げた。麦生が笑みを漏らすと、縁珠は続けた。自分は祖父母にとっての初孫だった。すごく可愛がられた、と。麦生は、宙にかざした手を、ひらひらと動かす。「楊縁珠」は、滴り落ちることなく、麦生の手のひらのうえに佇《たたず》んでいる。

縁珠はさらに続ける。自分は言葉を喋り出すのが人よりも早かったそうだ。それだけで、縁珠は台湾で一番賢い子どもなのだと祖父は周囲に言い張っていた。祖父の孫娘自慢に付き合わされた人びとは皆、祖父の前ではウンウンと頷いていたが陰では大いに笑っていたと祖母は母にぼやいたとも聞いた、と。ひととおり話してからひと呼吸おいて、よくある話でしょう、と縁珠は言った。

そんな祖父に、縁珠自身、よくなついていた。絵本を抱えて祖父の書斎をのぞきこむと、祖父は縁珠を手招きして、絵本ごと膝の上に抱き上げた。浦島太郎や鶴の恩返し、桃太郎の物語を、一頁、また一頁と絵をたどりながら祖父は読んでくれた。祖父は、こうした類の日本の昔物語は、自分も少年の頃にたくさん読んできた、と言った。よく知っているんだ、とも言った。縁珠が持ってくる絵本の中には、グリム童話のラプンツェルの物語も混じっていた。これは知らない、と祖父は呟く。だからかラプンツェルの物語のときだけ、祖父は絵本の文字を一文字一文字、指でなぞっていた。それで縁珠は、ラプンツェルの絵本にあった絵を、ひとつひとつ、よく覚えている。祖父がたどたどしく読み上げるのをそっちのけに、縁珠は、グリム童話の髪長姫《かみながひめ》の絵に見入った。ふと、絵本から祖父の声が飛び出した。

（似ているね……）

祖父は絵本の中の長い髪のお姫様と膝のうえの幼い孫娘を見比べながら、初めて気がついたように言った。その孫娘がじき二十歳となる。古い知り合いの判子彫り職人に手紙を書いた。ひと月と経たぬうちに、楷書体で「楊縁珠」と彫られた象牙の判子が、幾重もの包みにくるまれて届いた。

「お祖父ちゃんがくれたのよ」

手の中の象牙の判子をさすりながら、低い声で縁珠は繰り返した。

4

縁珠は、餃子《ぎょうざ》を食べていた。テーブル席が四つほどと、あとは六人も座れば満席となってしまうカウンター席しかない小さな店だった。狭い店内の壁には、料理の名が記された札が、みっしりと並んでいた。札の文字は、どれも手書きらしいのだが、丁寧というには程遠く、目を凝らさないと読めないものが幾つかあった。入り口の脇に一枚だけ大きさの違う札があり、筆の文字で、「福州家庭菜」と書いてある。それだけが、他の札とは比べ物にならぬほど、馬鹿丁寧に書かれてあった。その店の名前だった。縁珠は、「福州家庭菜」で、餃子を食べていた。

たっぷりと汁の入った椀の中に浮かぶ茹《ゆ》でた餃子だった。長い髪を頭の上で束ねた縁珠は、ジーンズを穿《は》いた両脚をカウンターの下でぶらつかせながら、れんげで椀の中の餃子をひとつ、またひとつとほおばっていた。餃子がなくなってしまうと、残っていたスープをれんげで一口ずつゆっくりと啜《すす》った。スープを啜るたび、血色のいい綺麗な赤色の唇を尖《とが》らせた。そうしている自分を、誰かが見つめているとは、ちっとも思わなかった。椀の中は少しずつ減り、とう

とう、なくなった。縁珠がれんげを置いたのを見計らって、

「大林老師のクラスに、いましたよね?」

彼は、声を掛けてきた。「大林老師」の部分を、Dà lín lǎo shī、と中国語で発音していた。

「ようえんじゅ、さんですよね?」

彼が言い終えたと同時に、店員がやってきて、空になった縁珠のお椀を持っていった。ぶっきらぼうな日本語を話す、留学生と思《おぼ》しき若い男の店員だった。カウンターがきれいに片付けられてから、縁珠は自分に話し掛けてきた者を見あげた。すると彼は、縁珠に見つめられるのを避けるように慌ててうつむいた。可笑しかった。自分から声を掛けてきたというのに。縁珠は立ち上がり、突っ立っている彼の脇をすり抜け、入り口脇のレジスターに立っていた店員に千円札を渡す。店員は愛想笑いひとつ見せず、レジスターからとりだした小銭を縁珠に手渡す。それから縁珠は、ばつが悪い思いで立ち尽くしているであろう彼を見向きもせずに、「福州家庭菜」の扉を押し開けた。アリガトウゴザイマシタァ、という店員の声が背後で聞こえる。一歩表に出たとたん、花がおおかた散ったあとの若葉交じりの桜の木々がさわさわと揺れるのが目に入り、思わず、目を細める。しばらくしてから、「福州家庭菜」の扉がまた、開いた。縁珠は、ピンで留めていた長い髪をほどき、ゆっくりと振り返った。それから、驚いている彼に笑いかけた。

「へんな名前だから、忘れなかったんでしょう?」

眩《まぶ》しいものが飛び込んできたときのように、彼も目を細めた。

彼が、縁珠を初めて見たのは、一年前の四月だった。風の強い日だった。大学の旧校舎の長い廊下をゆき、突き当たりの教室の戸を彼は開ける。椅子と机が二十組ほど並んだ教室は、彼と同じように、第二外国語の授業を受講しようとする新入生でほぼ一杯だった。その中には、大学の付属校に在籍する高校生も数人混じっていた。ちょうどその年度から、高校生が大学生と共に語学の講座を受講することができるようになったとのことだった。そんな高校生のうちの一人が、縁珠だった。縁珠は他の高校生たち——みんな女の子だった——が一塊となって華やかにはしゃいでいるのと違い、ひとりでいた。教室は、新年度の新鮮なざわめきに充ちていた。窓側の一番後ろの席に、彼は座った。彼の、ひとつ前の席が縁珠だった。天井まで伸びた高窓から、桜の花びらが勢いよく散ってゆくのが見えた。前の席の長い髪の少女が、睫《まつげ》を瞬《またた》かせて散る花を追っているのだと彼が気づいたとき、始業を告げる鐘が鳴った。いつのまにか教壇に立っていた初老の教師が、自分の名は大林《おおばやし》であると名乗った。低いが、よく通る声だった。大林は、

——みなさんは、若い。とても若い。素晴らしいことです。わたしは、としをとってから中国語を学びました。苦労しました。若いみなさんは、おそらく、言語の学習をする際において、かつてのわたしほどには苦労せずにすむでしょう。

外国人が細心の注意を払って間違いなく話そうとするときのような、妙に丁寧な日本語だっ

た。馬鹿に丁寧な日本語で、大林は続ける。

――中国には漢字があります。日本にも漢字があります。しかし、発音が違います。たとえば、わたしの名前、大林。日本語では、オオバヤシですが、中国語だと、Dà lín となります。

そこまで言うと大林は、あなたのお名前は、と一番前の席に坐っていた学生にたずねた。指名された学生が、石原です、と答えると、大林はすぐに、Shí yuán、と、「石原」を、中国語に「翻訳」した。Shí yuán……石原はおずおずと復唱した。すると大林は、

――貴方《あなた》のお名前ですよ。もっと、堂々と。

教室に初めて笑いが起きた。頭をかきながら石原は再び、先ほどよりもしっかりした声で、中国の音に変換された自分の名を、発音した。大林は満足げに微笑んだ。その調子で大林は、中国語入門のクラスを受講しようとする学生一人ひとりに、姓名を言わせていった。学生たちは嬉々として、我が名を大林老師に伝えた。自分の姓名を、中国語に「翻訳」してもらうという事態が、ほとんどの学生にとっては初めての経験だった。縁珠の番になった。ではあなた、と大林が促すと、よう、と言いかけて、縁珠はわずかに躊躇《ちゅうちょ》をし、それから覚悟を決めたように一気に言った。

――よう、えんじゅ、です。

教室にいた誰もが、好奇心をもって、ようえんじゅ、と名乗った長い髪の少女のほうを注目した。どのような字を書くのですか、と、大林が優しくたずねた。他の学生に対して同じ質問

をしたときとはどことなく口調が違っていた。少女は、低い声で説明した。

——木へんの「楊」です。

少女がそう応えると、大林老師は満足げにうなずいた。

——ということは、楊貴妃《ようきひ》の「楊」ですね。

クスクスと笑いが漏れた。廊下側に一塊になって座っていた付属校の女子高生たちだった。少女たちの健康的な華やかさと違い、縁珠はどこか陰気だった。大学生の、とりわけ、男子学生たちが何かに掻きたてられるように、楊貴妃、と同じ苗字の少女の発言に注目している中、大林はやはり優しい口調で質問を続けた。

——楊さん、下のお名前は？

大林にのみむかって答えるように、

——縁日の「縁」に、真珠の「珠」です。

と、少女は自分の名を説明した。同じことを訊かれるたび、そう説明してきたことが窺《うかが》える、事務的な説明だった。

——縁珠……楊縁珠。Yáng　Yuán zhū、ですね。

大林が歌うように翻訳した縁珠の姓名。縁珠の真後ろにいた彼は、その音を、復元したい、と、とっさに欲望した。

——Yáng　Yuán zhū、貴女《あなた》はどちらのご出身なんですか？

大林は、他の学生にはしなかった質問をした。縁珠は、大林の質問に対し、あっけにとられるほど、そっけなく答えた。東京です。シンとした教室に、奇妙な緊張感が漂った。大林は、縁珠に、もうひとつ別の質問をした。いいえ、と縁珠は言った。いいえ、と言ってからすぐに、

——台湾人です。

と言った。教室は、相変わらず静まり返っていた。台湾人です、と言ったきり、縁珠は黙った。少しのまのあと、そうですか、と大林は言った。何かもの言いたげではあったが、大林はそれ以上の質問は控えて、次の学生へと視線を移すと、言った。貴方のお名前は？　縁珠の後ろの席にいた彼が慌てて、ぼくですか、と答える。どっと笑いが起きた。大林の表情も少し和らいだ。彼はわざと陽気に言った。

——田中と言います……平凡で、すみません。

また笑いが起きた。大林も苦笑を浮かべながら、田中は Tián zhōng となります、と言った。Tián zhōng ですね！　と彼がその場で大げさに復唱するとそれがまた笑いを誘った。彼は頭をかきながら、縁珠をこっそりと見やった。縁珠の背中はこわばったまま、ピクリとも動かなかった。

大林との最初のやりとりで、楊縁珠という姓名の女子生徒に、教室にいたほとんどの学生が興味を持ったが、縁珠自身はといえば、クラスメイトにはまったく関心がないようだった。回を重ねても、いつもひとりで教室にやってきて、一番後ろの席にひっそりと座った。授業のあ

いだも、自分からは滅多に発言をしなかった。授業が終われば、誰かが話しかける前にいなくなった。そのうち授業そのものにも来なくなってしまった。

——もともと、ちょっと変わっているのよ。

あるとき、いなくなった少女が話題になった。

——裸になるの。

裸？　彼と、彼と同じ何人かの男子学生が、驚きを隠さず、興味深そうな反応を示すと、縁珠の同級生である女子高生は思わせぶりに笑ったあと、

——水泳のときね。更衣室で。着替えるとき、ぜんぶ、脱いじゃうの。

聞き手たちの反応を試すように、言った。ふつうは、裸にはなったりしない。タオルで隠しながら着替える。なのに、あの子——楊縁珠は、うえもしたも全部脱ぎ捨てて、いったん、丸裸になってから、ゆっくりと水着をつける。水着から、制服に着替えるときもおなじ。必ず、裸になる。すっぽんぽんか、と誰かが呟いたが、その話をした女子高生が鼻で笑った以外には、誰も笑わなかった。

中国語の教室からいなくなってしまった楊縁珠を、彼はときおり思い出していた。一言も口を利いたことがないのに、楊縁珠という存在が、やけに心に残った。花が散るのを追っていたときと、おなじ。睫を瞬かせながら水餃子をほおばっていた縁珠を、彼は「福州家庭菜」でみつけた。一年越しに、ようやく声をかける機会がめぐってきた。今、「福州家庭菜」の煤《すす》けた

壁の前ではなく、春の陽射しの中で縁珠が、彼を見あげている。彼は、

「えっと……」

と、言うのでやっとだった。あとが続かない。風が吹いた。縁珠は彼から目を逸らした。片手で、風になびいて揺れる長い髪を押さえつけた。それからまた、彼のほうを見た。

「まさか、待ってると、思わなかったんでしょう」

「え？」

縁珠は、くつくつと笑いながら続けた。

「自分から、話し掛けてきたくせに……」

彼は戸惑った。人ちがいをしたとさえ、思った。彼が知っている楊縁珠——大林の教室で見た楊縁珠は、こんなふうに陽気ではなかった。高校の制服を着ていたときとはうってかわって、ジーンズ姿の縁珠は、どことなく幼く見えた。ただ、唇だけは、陽射しの中でみても、赤みを帯びて艶やかだった。

「あの、楊縁珠さん……」

ようやくのことで彼が呼びかけると、縁珠は吹き出した。そして、呆けたように立ちすくんでいる彼を見つめながら、

「どうして、フル・ネームで呼ぶの？」

さて、どうしてだろうか。首をかしげながら、彼は笑った。彼が笑ったので、縁珠も笑った。

湿り気を含んだ風が、ほとんど初対面であるふたりをくすぐった。さっきまで空が明るかったのに、一雨来《ひとあめ》そうな気配だった。それを口実に、彼は縁珠を誘った。

他の席が全部埋まっていたので、空いていた隅の席に、縁珠と彼は向かい合って座った。彼は、自分の膝が、縁珠の膝に触れてしまわぬよう、テーブルの下で股を大きく広げていた。綺麗な白髪を後ろにひっつめた女主人が、狭くてごめんなさいね、と断ってからご注文はどうなさいますか、とたずねた。縁珠は珈琲、彼はビールを頼んだ。女主人が行ってしまうと彼は言い訳をするように、許してね、でないと緊張して……と小声で言った。

「緊張？」

彼の声は、さらに小さくなる。

「ずっと、話がしたいと思っていたから。その、楊、さんと……」

そこまで言うと、彼は目を伏せた。縁珠は、彼の唇を見つめた。どうしてこの人はあたしと話がしたいというのだろう、と思った。いったい、何を話したいのだろう。雨粒が連続的に滴り落ちて地面を打つ音がすぐ横で響いている。

「楊さん……」

彼が、再び口を開いたとき、女主人が盆に載せたビール瓶とグラス、それから香ばしい匂いのたちのぼる珈琲を運んできた。彼が金色に波立つビールをグラスに注ぐのを、縁珠はそっと見つめた。彼が、注ぎきったそれを持ち上げた瞬間、縁珠は、ガラス越しの金色の液体が、突如、宙に浮かんだと思った。どうしてなのかは分からない。金の液体を吸う彼の唇を見つめながら縁珠ははっきりと感じた。彼の声を、もっと聴きたい。楊さん、と、遠慮がちに呼びかける彼の、口許から零《こぼ》れる音を。もっと聴いてみたい。他人の、とりわけ、男に対してそんなふうに思うのは、初めてだった。珈琲の中の角砂糖を銀の匙《さじ》でゆっくりと溶かしながら縁珠は、グラスを傾けるごとに緊張がとけて、喋るのが滑らかになってゆく彼の声に、じっと耳を傾けていた。

店を出たとき、雨はあがっていた。地面は濡れていて、あちらこちらに水溜りができていた。激しい雨のあとの匂いは南国的で好き、と縁珠は言う。日はとうに暮れていた。あそこを歩かない、と縁珠は誘う。土の匂いが嗅ぎたい。彼は、縁珠に従うと言った。駅までは路地を線路沿いに行けばすぐだった。縁珠は、駅とは反対側の鬱蒼《うっそう》と木々の茂る方向にむかって歩いた。公園があった。ベンチに座ろうと彼をいざなうが、彼は首を振る。お尻がびしょ濡れになるよ。他に人がいなかった。両腕を思い切り伸ばして、縁珠は深呼吸する。

「いい匂いだと思わない?」

振り返ると、彼が真剣な顔つきで縁珠を見つめていた。縁珠は、雨水を吸い込んで柔らかくなった土の感触に、今、初めて気がついたように足元を見つめる。夜の空気は冷たくて澄んでいた。葉と葉の擦《こす》れあう音がした。首の後ろで髪がサラサラと鳴った。顔を上げると、彼の顔がすぐそこにあった。軽い震えを感じた。次の瞬間、荒々しく抱き寄せられていた。息がとまる、と思った。風に揺さぶられた木々の鳴らす葉の音が、遠くに聞こえる。心臓がとまるかと思った。彼の声が、うんと近くで聞こえた。縁珠は瞼を開く。心臓なら、動いている。それも、いつもよりもずっと速く。言おうと思うが、唇が震えて出てこない。彼の、縁珠の髪を梳《す》く指も、熱っぽく脈打っていた。

「俺の名前、まだ思い出せない?」

縁珠は含み笑いをしながら首を振った。彼は苦笑しながら、ひどいな、と呟き縁珠を抱きしめる。

「ありきたりすぎて……」

彼の胸倉に額を押し当てながら、縁珠はやっと言った。ひどいな、と嘆く彼の掠れた声が、頭の上で聞こえる。声を出さずに縁珠は笑った。彼の唇が再び縁珠の唇に触れたとき、この男に名前をつけよう、と縁珠は思いたった。声はもう震えなかった。名前をつけてあげる、と縁珠は言う。どんな名前をつけてくれるの、と彼は笑った。考えておく、と告げると彼は笑うのをやめた。そして、あの遠慮がちな言い方で、次はいつ会える、と尋ねた。麦の匂いがする、と縁珠は思った。彼の唇から、麦の匂いがほんのりと漂っていた。

彼が地下鉄の階段を降りるあいだずっと、縁珠は彼の後ろ姿を見ていた。彼は一度も振り返らなかった。時差のある土地から帰って来たような心地で、縁珠も歩き出した。心臓なら動いている。呟きながら、湿り気を含んだ風が髪をそよがすのにつられて、からだも浮かび上がってしまいそうだった。

5

「名前……」

縁珠は、呟いた。頬が熱くなっている、と思った。唇にあてた指が、心なしか震えていた。唇をなぞった。ラプンツェルも……と、縁珠は思う。ラプンツェルも、初めて会ったばかりの王子とあんなことをした。自分の長い髪につかまって塔をよじ登ってきた王子と。耳の横の髪を、縁珠はそっと掻き分ける。さっき、彼がしたように、そっと梳いてみる。

――平凡ですみません。

一年前、大林の教室で、そう言っていた彼を覚えている。彼の名前を縁珠は忘れてしまったのではなかった。彼の名前よりも、彼の声、彼の唇。彼としたこと、を思って、縁珠は、からだの底で、水が波打って弾《はじ》けるのを感じる。

家に着いたときにはもう、玄関の電灯は消えていた。摺《す》り足で両親の寝室の前の廊下をとおりぬけ、突き当たりのダイニングに入る。流しの横の冷蔵庫をまさぐって開ける。暗がりの中、ミネラルウォーターのボトルをとりだし、そのまま口をつけようかと思って、やめた。グラスを探そうと、冷蔵庫を開け放したまま、流しを手で探った。グラスに指が触れたとたん、どうして電気を開けないの、という日本語が聞こえた。声がしたほうに背を向けたまま、水をグラスに注ぐ。グラス一杯分の水を一気に飲み干してから、振り返った。

「ママ、まだ起きていたの?」

寝巻きの上にガウンを羽織った母が、縁珠を見ていた。縁珠は母に笑いかけてみるが、母は笑わなかった。母にとって馴染みのない匂いが、自分の服や髪や皮膚にしみ込んでいるのだろうと思ったとたん、逃げ出したくなった。

「どうして電気を開《あ》けないの?」

母は繰り返した。グラスを持つ手が震えぬよう、縁珠は力を込める。電気の点《つ》いていない暗がりで母娘は向き合っていた。母ときたらいつも、電気を点ける、を、電気を開ける、と言い違える。縁珠は、母の間違いを今さら指摘しようとは思わない。もう十何年も、電気を点ける、ではなく、開ける、とこの母は言い続けてきたのだから。こうした言い違いをしょっちゅう母はしている。いちいち訂正していてはきりがないと縁珠は諦めている。何が正しくて、何が間違っているかなんて、母にとってあまり重要なことではないのだ。

――ユミちゃん? ミユちゃん?

母は、縁珠の友だちの名前もなかなか覚えなかった。

――ミユちゃんよ、ママ。何度も言ったじゃない。ユミ、なんて子いない。

小学生の縁珠がじれったい思いで文句を言っても、母はそんなの大した問題じゃないと言わ

んばかりに笑いながら、

——ごめん、ごめん。でも、日本人の名前って、覚えにくいね。

と言い放っていた……と、縁珠は思い出す。日本語ではなく、台湾語で、母はそう言い放っていたのだった。

縁珠の母は、台湾語の他に中国語も話した。母だけではない。縁珠の父も、そうだった。一九五〇年代の台湾で生まれ育った縁珠の両親は、小学校に上がると、母語である台湾語の代りに中国語を遣った。当時の政府が、公の場で中国語以外の言葉を話すのを禁じたためだった。学校でうっかり別の言葉を口にしてしまうと、罰として教師から鞭《むち》で尻を思い切り叩かれ、「わたしは国語を話す努力を怠りました」と書かれた札を首から提げた状態で長く立たされる。話す努力をしなければならない国語とは、中国語のこと。学校に通う限り、台湾の子どもたちは、どんなにいやでも、中国語を話さなくてはならなかった。それでも、家に帰れば、親や祖父母たちとは、台湾語を喋り続けた。彼らの親や祖父母の多くは、自分たちの子や孫らが学校で国語として話すよう義務付けられている中国語を、まったく知らなかったのだから。彼らの母語は、あくまでも台湾の言葉だった。母語を話すことを禁じられながら、国語を厳しく叩き込まれた子どもたちは、そのうち、国語と母語とを状況に応じて遣い分けるようになる。学校を出て、鞭を手にして待ち構える教師が目を光らせなくなっても、彼らは半ば自分たちのものとなった中国語を喋り続けた。そして、中国語を喋りながら、台湾語の単語を織り交ぜていった。子ども時代に国語を話す努力を強いられた多くの台湾人が、身につけた国語と、忘れなかった母語とを、適当に、鷹揚《おうよう》に、繋ぎ合わせて話すようになった。あたかもそれが、ひとつの自然な流れのごとく。彼らにとってはそれが、最も自然な喋り方だった。やがて赤ん坊が生まれてくれば、彼らは彼らの言葉で、赤ん坊に話しかけた。中国語かと思えば、台湾語。台湾語かと思ったら、中国語。縁珠も、そんな親たちから生まれた台湾の赤ん坊だった。

——ミユちゃんなのか、ユミちゃんなのか。ほんとうに、日本人の名前って、ややこしい。

母が台湾語でちっとも深刻そうではなくそう言うので、

——このあいだなんて、マユちゃんって言ってた。

縁珠は、日本語で母を咎《とが》めた。母は、はははっ、と何語ともつかない笑い声をあげた。台湾生まれだったが縁珠は台湾にはほとんど住んだことがなかった。三歳のときからずっと、日本に住んでいる。最初のうちは、母と同じように中国語と台湾語も喋っていたが、小学校に通いだすと学校で日本語しか話さないせいか、家にいるときも日本語だけで話すようになった。娘が日本語しか話さなくなってからも、縁珠の母は台湾語と中国語を混ぜ込む——日本に来てからは時々日本語も加わる——という、彼女にとって最も楽であろうと思われるやり方で、縁珠と話した。母の口からでてくる限り、台湾語だろうと中国語だろうとそれらが混合したものであろうと、縁珠には聞き取ることができるので、ふだんは、それでまったく問題はなかった。困るのは友だちが遊びに来たときだった。

――おばちゃん、今、何て言ったの？

ミユちゃんは遊びに来ると、縁珠の母が何か言うたび、目を輝かせて縁珠にたずねた。縁珠は、今からおやつを持ってくると言ったのよ、と母の言ったことをミユちゃんに分かるように「通訳」した。飲み物はコーラでいいでしょ、と言ったのよ。あんまり大声を出して下の階の人に迷惑かけないでね、と言ったのよ。母の言葉を日本語に直すことは、大して難しいことではなかった。難しいことではないけれど、母の言葉をミユちゃんに「通訳」するのが縁珠は好きではなかった。させられている、とすら感じていた。縁珠にそうさせているのはミユちゃんのはずだったが、縁珠は、母がいけないのだと思う。母が、ミユちゃんの分からない言葉を話すせいなのだ。だって、ミユちゃんのお母さんは、ミユちゃんにしか分からない言葉を話さない。日本語だけを、話す。縁珠の母は、日本語以外の、ミユちゃんには分からない言葉をたくさん話す。だから縁珠がいちいち、ミユちゃんに分かるように直してあげないといけないのだ。

――いい子ね……

母は、感心している。日本の女の子はやっぱり可愛いわね。ミユちゃんが、ミユちゃんのお母さんに手をひかれて帰ってゆくのを、縁珠と母はベランダで見送っていた。数歩ごとに振り返り縁珠にむかってバイバイまたねと大きく手をふるミユちゃんは、目の大きな愛らしい顔立ちをしていた。母はミユちゃんのことを、リップン・チャボギャア、とまた、台湾語で、日本人の女の子、と言う。日本の女の子は本当に可愛いわね。ミユちゃんは、日本の女の子、じゃなくて、あたしの友だちよ、と縁珠は思うのだが黙っている。母がリップン・チャボギャアと呼ぶミユちゃんが、あるとき、縁珠に質問をしたことがあった。

――縁珠ちゃんのママが話しているのって、何語なの？

えっ、と縁珠は顔をあげた。クレヨンで絵を描く手をいつのまにか止めていたミユちゃんが、黒目がちの大きな目で縁珠を見つめていた。

――なにごなの？

ミユちゃんが繰り返す。なにご？　縁珠は戸惑った。なんと答えたらいいのか分からなかった。そんな縁珠を急《せ》かすようにミユちゃんは質問を重ねた。

――英語？

日本語でない言葉といえば、それしか思いつかなかったのか、ミユちゃんは言った。えいご、なら、縁珠も知っている。ちがう、英語じゃない。縁珠はだから、すぐにそう答えることができた。すると、

――じゃあ、中国語？

クイズを当てる調子で、ミユちゃんは続けた。

――中国語……

縁珠は思わず、復唱した。縁珠が、自分の言ったことを繰り返したからか、ミユちゃんは目を輝かせながら身を乗り出し、

――中国語？

最初よりも確信した口調で言った。キラキラと光るミユちゃんの大きな目から早く逃れたくて、縁珠は力なく頷いた。そのとたん、

――中国語！

ミユちゃんは感嘆の声をあげた。

――縁珠ちゃんのママ、ちゅうごくごを喋るのね！

中国語、とは少し違う。母が話すのは、中国語、というよりは中国語と台湾語を断片的に繋ぎ合わせたものだ……と縁珠は思った。

――中国語！

ミユちゃんが昂奮したように繰り返していたのを覚えている。それを聞きながら、嘘をついてしまったと後ろめたかったのも覚えている。あれから、もう十年以上が経ったのだ。

――厳密には中国語ではない。

母の、話す言葉。十九歳になろうとしている縁珠の目の前に、その母がいた。暗がりの中、寝巻き姿で、終電で帰ってきた縁珠を見つめていた。縁珠は、自分の服や、髪や、皮膚に沁みついているであろう匂いのことを思い、電気を点けなくてよかった、と心底思う。明るい中で、母の視線にさらされなくてよかった。

「さっさとお風呂に入って寝なさい……」

母は台湾語で呟くと背を向けた。両親の寝室の戸が閉まる音を聞き届けてから緑珠は水滴のついた唇を手の甲で拭《ぬぐ》った。そのとき、思いついた。麦生。緊張をほぐすために、その日の夕方から夜にかけて、ビールを幾杯も飲んでいた。唇に、麦の匂いがしみ込んでいた。だから、麦生。

6

洗面所の鏡は、蒸気で曇っていた。蛇口を捻《ひね》ると、水が勢いよく飛び出す。蛇口に顔をよせて、喉に水を流し込む。水が零れた。濡れた顎を、手の甲で拭った。蛇口を締めようとして、髪がひとすじ、白いタイルに貼りついているのを見つけた。彼は、彼のものではないその長い髪を、ひとさし指に巻きつけた。

――麦生……

彼女は囁いていた。

――もっと言って。わたしの名前をもっと、耳もとで囁いて。

彼の唇は、こじ開けられる。彼の前歯を、彼女はひとさし指の爪で叩く。麦生。彼女の息が、彼の耳に吹きかけられる。麦生。彼女がつけた彼の呼び名だった。麦生。彼女がその名を彼に囁くと、彼の本当の名前――彼が、自分のものだと信じ続け、そう呼ばれることに慣れ親しんできた名前——は、すうっと遠のいた。

えんじゅ、彼は呟く。指に、縁珠の落としていった髪を巻きつけたまま、呟く。もうじき、日付が変わる。縁珠は、家に着いた頃だろうか。十一時五分前になると、縁珠は必ず、身支度をはじめた。それまで、どんなにぐったりと横たわっていたとしても、身をすうっと起こし、床にちらばっている服を拾い上げては、一枚、また一枚と、身に纏ってゆく。泊まっていけば、と彼が言うと、お母さんが待っているから、と笑った。行って欲しくない、と彼が言っても、お母さんが待っているから、と笑った。門限、と縁珠は言わなかった。ただ、彼には頑なに思えるほど、縁珠は必ず、母親が待つ家に、その日のうちに帰ろうとする。縁珠がいなくなると、彼の部屋はしんと静まり返った。静けさの中に放り込まれるたび、彼は、何か、音が欲しい、と思う。しかし、テレビはつけたくない。なら、音楽は？　でも、どんな音楽を？　そして、そうやって思いあぐねているほんの数分のうちにも、静寂さはいっそう強まり、突然、いてもたってもいられなくなる。縁珠と会うようになってから、まだひと月も経っていなかった。ひと月近くの間、縁珠は、ほとんど一日おきにやって来た。いつも一緒に、シャワーを浴びた。狭いバスタブに身をよせ、ぬるい湯を全身に浴びる。栓は抜いたままなので、水は留まらず、流れゆく。水のなかで、縁珠は笑う。裸のときでも、縁珠の唇は艶やかだった。

彼は、蛇口を思い切り捻った。勢いよく流れだす水にむかって、指を差し出す。彼の指にしっとりと絡みついていた黒くて長い髪の毛が、クルクルッと排水口に滑り込んでゆく。そのとき、鏡にうつった自分の手のひらがうっすらと赤いことに気づく。縁珠が彼に押し当てた判子の痕《あと》。彼は、縁珠の髪を絡めていたのと同じ指で、「楊縁珠」がまざりあってひとつとなった赤い痕を、さすった。

――楊さんのこと、俺も、下の名前で、呼ぼうか……

言い方に、軽さを装った。そのことを懇願している、と、気づかれてしまわないように。少しの間のあと、

――下の名前って、なに？

縁珠はわざと、とぼけて見せた。彼は、一瞬、ぽかんとしたが、すぐに、きまりが悪くなって照れ笑いをする。縁珠も悪戯《いたずら》っぽく笑って、

――フル・ネームじゃなければ、どのようにお呼びになったって、かまいませんわ。

と彼をからかう。からかわれた彼は、笑いながら縁珠の首を絞める真似をする。縁珠は、きゃあ、と声をあげて彼の手から逃れようとする。逃がさないぞ、と彼も大げさに言い、身をくねらす縁珠の身体を押さえ込みにかかる。縁珠は、きゃっきゃとはしゃぎながら彼から逃れようと懸命にもがく。ふたりとも裸だった。裸の身体と身体をぶつけあいながら、もつれあって、床に倒れこむ。助けてぇ、と叫ぶ縁珠の両手首を、彼は押さえつける。縁珠はバタバタと足を動かしなおも抵抗を試みるが、彼はやすやすと縁珠を組み敷いてしまう。いやいや、と頭を振りながらちっともいやではなさそうに縁珠は叫ぶ。彼が手首を押さえつける力を強めると、縁

珠はようやく頭を振るのをやめて、堪忍したように彼を見あげた。彼は、ふざけるのをやめた。床に広がった縁珠の艶やかな髪も、波打つのをやめる。彼は、自分を見あげている縁珠の瞳がしっとりと光っているのを見つけ、とたん、導かれたように、

——縁珠……

と、初めてその名を口にした。

——えんじゅ……

彼は、繰り返した。

——えんじゅ……

三度目を呟いたとき、彼は、縁珠が囁くのを聞いた。もっと言って。わたしの名前をもっと、耳もとで囁いて。

曇りだす鏡の前で、彼は、赤い痕のうっすらと残る手のひらを、蛇口に差し出す。

——お祖父ちゃんは、わたしの名付け親なの。

水しぶきの中で手のひらをこすりながら麦生は、縁珠がそう言っていたのを思い出す。

——わたしの名前……

それは、誇らしい秘密を打ち明ける口調だった。

——男の子か女の子かも分からないうちから、お祖父ちゃんはわたしのことを、縁珠、と呼んでいた。

まだ、朱肉が生々しく滴る判子を、縁珠は大切そうにもう一度、宙に掲げた。

――生まれる前から、わたしの名前は、縁珠、と決まっていたのよ。

えんじゅ。麦生は、呟いた。縁珠、と呟きながら、象牙の判子の贈り主にかすかな嫉妬を覚えた。

7

えんじゅ、と呼ばれると、懐かしい。ずいぶんと長いあいだ、母や父以外の人から、そう呼ばれることはなかった。いつからか――たぶん、縁珠を、えんじゅちゃん、と呼び慣れている小学校の同級生がまわりに少なくなった高校生の頃から――うちとけた仲となっても、楊さん、と、呼ばれることのほうが多くなった。たまに、えんじゅ、と呼ぼうとする人もいたけれど、そのたびに、縁珠のほうが、どうしてだか、こそばゆくなる。

えんじゅ、と、試しに呟いてみる。すぐに、可笑しくなる。自分の名前なのに。自分の名前を、ただ呟いてみただけなのに。どうして、こんなにくすぐったいのだろう？

――どうしたのよ？　あなた、このごろ変よ。

突然クスクスと笑い出した縁珠を、母が訝《いぶか》しそうに見ていた。縁珠は俯いたまま、こみあげてくる笑いを嚙み殺し、

――別に、なんでも……

囁くほどの声で言う。母は、納得しかねた様子で首をかしげ、

――シャオラ。

シャオラ、台湾語で、おかしなひと、と呟く。母がいなくなると、再び縁珠は、テーブルのうえにあったパスポートを眺める。

姓名の欄には、楊縁珠。

読み方は、ようえんじゅ、ではなかった。YANG YUAN CHU、だった。

パスポートにそう記述されているので、縁珠はずっと、自分の姓名の正式な読み方は、YANG YUAN CHU であるのだと思っていた。だから中学にあがって最初の英語の試験で、ローマ字で自分の名前を表記せよ、という問いにも迷うことなく、YANG YUAN CHU、と書いた。答案が返ってきたとき、YANG YUAN CHU、という鉛筆文字の上に、予想外の大きなバツ印がつけられていて驚いた。他の解答欄は、どれも皆、正しく書けていた。まちがえた、とすぐに思った。楊縁珠、を、じかに表記するのではなく、いったん、ようえんじゅ、と訳してからローマ字を綴るべきだったのだ、と。

答案の YANG YUAN CHU にはバツ印がつけられてしまったけれど、パスポートの YANG YUAN CHU は、相変わらず、楊縁珠、の傍《かたわ》らに堂々とある。それ以外の読み方など、あるはずがない、とでもいうような確かさで。

それにしても、どうしてこんな顔をしているのだろう。楊縁珠、と記されたすぐ左横の、顔写真。不自然なほど、生真面目で、緊張した面持ちの縁珠がいる。子どもの頃から、数年ごとにパスポートの更新をしてきた。そのたび、写真を撮った。物心がつく前は、何故、写真を撮られるのか分からなかった。ある日、よそゆきの服を着せられて、どこかに連れてゆかれる。写真館だった。写真館の奥に、一人で座らせられた。正面に、おおきくて四角いカメラがあった。父と母と――時には伯父や伯母もいた――そして写真館の人たちが、口を揃えて縁珠に言い聞かせる。

――ほら、縁珠。笑っちゃだめ。お口を閉じて。

カメラを向けられて、笑うな、と言われるのはそのときだけだった。写真館で大人たちが醸《かも》す厳《おごそ》かな雰囲気に、幼い縁珠は緊張した。まるで、儀式だった。パスポートの写真のためだと知ってからも、写真館に行くのは儀式であると縁珠は感じていた。数日後、出来上がった写真と、両親が「重要書類」と呼んでいる、縁珠には何を意味するのかいまだによく分からない紙の束を携えて、台北駐日経済文化代表処に訪れるのも、おなじ儀式の一環だった。

ふと、縁珠は思いつく。この顔は、YANG YUAN CHUだ、と。ようえんじゅ、ではなくて、YANG YUAN CHU。パスポートになるのだから、ちゃんと撮られなくてはならないという緊張が募った顔。それは、ようえんじゅ、ではなく、YANG YUAN CHU、の顔なのだ。儀式のたびに自分は、YANG YUAN CHU、になるのだ。自分自身のその思いつきに縁珠は妙に納得し、改まった心地でパスポートを眺め入る。最新のYANG YUAN CHUの顔は、ただ、緊張しているだけではなく、どことなく、憂鬱そうな顔をしていた。そして、高校の制服を着ている。休日だったけれど、制服に着替えて写真館に出掛けたのだ。縁珠は、急に、気持ちが翳《かげ》る。

——わざわざ写真館へ行くの？

そう言われたことがあった、と思った。

——パスポートの写真のために、わざわざ写真館なんかに行くの？

正気か、とでも言いたげな口調に聞こえた。縁珠は、驚かれたことに驚いて、そう言った相手を黙って見つめた。すると相手は、縁珠にむかってやさしい笑みを浮かべた。

——あのね、楊さん。証明写真用の機械でだって、パスポート用の写真は撮れるのよ。今度から、そうしたらいいんじゃない？　楽よ。

彼女の名前を、覚えている。吉川舞。よしかわまい、と、浮かんだとたん、スラリとした長身の、華やかな少女の影が、縁珠の記憶の底から迫《せ》り出す。吉川舞は、英語の成績が格別によかった。競争率の高い交換留学生の権利を勝ち取った校内で唯一の一年生だった。行き先はアメリカ、サンフランシスコ。クラスの誰もが、行きたがっていた。誰もが、吉川舞を羨望していた。誰もが、英語では、彼女には敵わないと思っていた。

——だって……

吉川舞は、皆に言う。

——あたし、五歳まで、パパの仕事の都合でロサンゼルスにいたのよ。

そしてまた、羨望の溜息が、あちらこちらから漏れる。

ひょんな弾みだった、と縁珠は思う。特に親しくしていたわけではないのに、何故かそのとき、縁珠は吉川舞のそばにいた。そして、吉川舞が、パスポートを学校に持ってきている、と聞いた。縁珠は動悸が激しくなる。好奇心が抑えきれなくなりついに、言った。

——見せて。

ところが、縁珠は、どうやら話の腰を折ったらしい。吉川舞と、舞の話に聞き入っていた他の少女たちが一斉に縁珠のほうを見る。縁珠は、しどろもどろになる。

——あ、あの。ちょっと、見てみたいなって思って。吉川さんの、その、パスポート。

吉川舞は口の端に笑みを浮かべ、別にいいけど、と、言うと学生鞄を探りはじめる。探りながら、

——でね……

と、話の続きを、その場にいる少女たちに話し出す。縁珠は呆然としながら、吉川舞が教科書やルーズリーフ、ペンケースに化粧ポーチをかきわけているのを見つめた。吉川舞の手つきは、すこし、ぞんざいに見える。その中に、パスポートがあるとは、とても信じられなかった。はたして、パスポートはちゃんとあった。ほら、と吉川舞は言い、縁珠にむかってそれを差し出す。吉川舞の薄桃色の形のいい爪の色が、紺色の表紙に映えていた。その冊子が、深緑色で

はなく、紺色の表紙であることに小さく驚きながら、縁珠は吉川舞から彼女のパスポートを受け取る。他の少女たちも、見せて見せて、とはしゃいだ声を出す。何が面白いのよ、と吉川舞が苦笑する。少女たちに囲まれながら、縁珠はそっと、吉川舞のパスポートを捲《めく》ってみる。他人の、パスポート。それに、自分は今、触っている。そう思うと、鼓動がまた速くなる。

吉川舞、という手書きの署名がまず見えた。姓と名に分けて、YOSHIKAWA MAI、と吉川舞の正式な読み方が印字されている。国籍欄には、JAPAN。

縁珠は目を凝らす。吉川舞、YOSHIKAWA MAI、よ・し・か・わ・ま・い。吉川舞は、よしかわまい。それ以外の可能性は、ない。むしろ、それで充分。そう思ったら、溜息が出てしまう。隣にいた少女が変な顔をして見たのにも気づかずに。それから、日本国、という文字を縁珠は見つめる。それは、頁の最上部の中央にあった。縁珠は、自分のパスポートの同じ場所には、何が書かれているのだろうか、と思った。台湾？　台湾国？　違和感があった。でも、それ以外の言葉が思い出せない。仕方なく冊子を閉じ、今度は、表紙を見つめてみた。JAPAN PASSPORT、とある。日本国、という文字は表紙にもあった。にほんこく、りょけん。日本国、旅券。

——にほんこく……

縁珠が呟くのを、誰も聞いていなかった。ひとりで、ずいぶん長いこと、吉川舞のパスポートに見入っていたらしい。既に皆、別の話題で盛り上がっていた。縁珠は、今度は話の邪魔をしてしまわぬよう、紺色のパスポートを手にしたまま、吉川舞を遠慮がちに見やる。吉川舞を中心にした輪は、華やかにざわめいていた。そのざわめきが引く一瞬を見計らって、あの、と吉川舞に呼びかける。

——……これ。ありがとう。

やっとそう言ってパスポートを差し出すと、吉川舞は、うん、と気のない返事をし、縁珠から受け取ったそれを、鞄ではなく、彼女の机の中へとしまう。縁珠は、吉川舞のパスポートが、彼女の教科書やバインダー、筆箱などと同じ場所に素っ気無く片付けられてしまうのを見て、啞然とした。立ち尽くしている縁珠に気がついた吉川舞が、顔をあげる。どうしたの？　吉川舞につられて他の同級生たちも縁珠に注目する。

——パスポートを、そんなふうに扱ってもいいの？

そう思ったが、言わなかった。代わりに、別に何も……と言った自分の声が掠れているのが分かった。吉川舞たちは、変な顔をしていた。

——なくしたら、大変なことになる。

パスポートを扱う母の手つきは、いつも厳かで、それは幼い頃から縁珠に、パスポートというものは、疎かに扱ってはならないものなのだということを感じさせた。縁珠にとって、パスポートとは、子どもの頃からそういうものだった。家族のパスポートを、銀行の預金通帳や印鑑と共に、母は金庫にしまって鍵をかけた。なくしたら大変なことになる。母が金庫に鍵をかけるのを、縁珠はあたりまえのように思っていた。

吉川舞の影を、急いで縁珠は振り払う。そして、珍しく金庫からとりだされた自分のパスポートを、ふたたび見つめる。その、表紙の文字を指でなぞりながら、

——ちゅうかみんこく。

声には出さずに、呟く。台湾、でも、台湾国、でもなくて、中華民国。YANG YUAN CHU の顔をした写真がある頁の最上部に、その文字はあった。中華民國、REPUBLIC OF CHINA。それが、YANG YUAN CHU の、国籍だった。

縁珠は、パスポートを閉じた。YANG YUAN CHU の顔が見えなくなる。母のパスポートの上にそれを重ねて置き、それから今度は、父のパスポートを手にとる。つい先程まで、父のアタッシュケースに大事に収められていたそれは、母や自分のものとは違い、触れてもヒヤリと冷たくはない。金庫から、父のパスポートだけが頻繁に取り出されるようになったのは、四、五年前からだった。縁珠が中学を卒業するかしないかのその頃から、父の台北や上海への出張が増えた。長いときは、一、二ヶ月。短くても、二、三週間。そのうち、東京にいることのほうが少なくなった。だから、いつからか縁珠は——母がそうしろと強く釘をさすのもあったけれど——父が東京に戻ってきている間は、外出を控え、なるべく父と一緒に過ごすようにした。

——中華民國
出入国記録の判が数多く押されている父のパスポートをパラパラと捲ったあと、その表紙の、

中華民國の、國、という文字が、急にいかめしく感じられた。不安にあおられて、縁珠はもう一度、自分のパスポートの表紙を確認する。よく見たら縁珠のパスポートにも、中華民國、とある。縁珠はちょっと驚いた。すっかり、中華民国、だと思い込んでいた。母のも確かめる。やはり、中華民國、だった。

——國？

これは、日本語、ではないということなの？　楊縁珠が、ようえんじゅ、ではなく、Yáng yuán zhū であるように、中華民國もまた、ちゅうかみんこく、ではなく、本当ならば、Zhōng huá mín guó、と呼ぶべきだということなの？　そこまで考えたところで縁珠は、それにしても、ちゅうかみんこく、とは、どこのことだろうと思う。父や母は、自分たちが日本に来る前にいたところを、ちゅうかみんこく、ではなく、台湾、と呼ぶ。どちらの出身ですかと問われると、ちゅうかみんこく、ではなく、やっぱり、台湾です、と言う。

その台湾から父が帰ってきているので、縁珠は麦生と会わなかった。おとうさんが帰ってくるの、と縁珠が告げると、そう、と麦生は低い声で呟いた。おとうさんがいるときは外出を控えるようにしているの。縁珠が続けて告げると、そう、と麦生の声はさらに低くなった。

——ねえ、パパ。

縁珠は、顔をあげた。

——なに？

父は、日本語で応じた。

――台湾にいるときも、パスポートを金庫にしまうの？

父は、財布――台湾の紙幣が入っている――をアタッシュケースから取り出したところだった。一瞬、何を訊かれたのか計りかねたようだったが、パスポートを持った縁珠がもう一方の手で金庫を撫でているのを見ると、

――台湾ではパスポートは金庫に入れない。

父は笑いながら、やはり日本語で縁珠に答えた。父の持ち帰った紙幣に印字されている中華民国の、国、も、國、となっているのを見ながら縁珠は、じゃあ中国では？　と訊こうとしてやめた。上海を旅行したとき、母がやっぱりホテルの金庫にパスポートをしまいこんでいたのを思い出したからだ。縁珠は、父のパスポートも、母と自分のパスポートの上に重ねる。

今回も、三人分のパスポートが金庫の中に揃っていたのは、ほんの一週間だけだった。

「おとうさんと、楽しんだ？」

と麦生が訊く。それからすぐに、久しぶりに会うとなんだか照れるね、と言う。久しぶりだなんて、と縁珠。会わなかったのは四日だけだった。それでも、ずっと一日おきに会っていたのだから、たった四日でも、長く感じるのかもしれない。麦生をからかいたくなって、

「麦生は、わたしがいないとさみしくてたまらないのね」

そう言うと、麦生の顔が翳った。縁珠は、麦生が目を伏せるのを、不思議に思って見つめる。

麦生は思い切ったように顔を上げると、実は留学することになったんだ、と一気に言った。

「留学？」

予想外の言葉に縁珠は驚いた。

「麦生、留学するの？」

麦生は頷く。留学生選抜試験に自分が受かるとは思っていなかったんだ、それに、試験を受けたのは縁珠と会う前だったんだ……とまるで言い訳をするような口調で告げる。ほとんど消え入りそうな麦生の声を聞きながら、縁珠は考える。留学。きっと麦生は、成績が格別によいので、派遣留学生の一人として選ばれた。それから緊張した面持ちの麦生にむきなおる。

「よかったじゃない」

と言った。麦生は、拍子抜けしたように縁珠を見つめた。縁珠は笑みを浮かべて、繰り返した。

「よかったじゃない」

麦生は拍子抜けしたように縁珠を見つめた。縁珠は笑みを浮かべて繰り返した。

「よかったじゃない」

麦生の顔が歪む。泣くのを、こらえているみたいに見えた。縁珠は笑った。

「留学なんて、すごいじゃない」

そう言ってから、

「どうしてそんな悲しそうな顔をしているの?」

麦生は力が抜けたのか、あるいは、本当に泣くのをこらえようとするためなのか、うなだれる。そのつむじを見つめながら、きっと、と縁珠は思う。麦生はきっと、試験の合格を知らされたとき、真っ先にわたしを思い浮かべた。わたしのことを思った。麦生はとてもいじらしい。

「どこ行くの?」

麦生が、顔をあげる。うつろな目をしている。縁珠はもういちど訊ねた。

「どこに留学するの?」

麦生の唇が、ゆっくりと動く。

「中国……」

中国? 麦生の言葉を繰り返す縁珠の声が、掠れる。麦生が頷く。

「北京、だよ」

北京?……縁珠は呟いた。そう、北京。麦生が繰り返す。

「北京に行くんだ」

縁珠は、黙って麦生を見つめた。縁珠を見つめ返す麦生の目はだんだん、うつろではなくなっていく。ぺきん。まるで、それを口にしたのを境に、麦生は生気を取り戻しつつあるように。

「北京に、留学するんだ」

麦生にしては、いつになく、力のこもった声だった。からだの底にある水溜りをヒタヒタと波打たせる、低く囁くいつもの麦生の声が、急に縁珠は恋しくなる。それなのに、留学生選抜試験に合格した喜びを、露《あらわ》にし始めた麦生の声は、熱気を帯びてさらに力がこもってゆく。まさか受かるとは思わなかった。でも受かったからには、思い切り、中国の空気を吸ってきたい。できれば、北京以外にも行きたい。行きたいところはたくさんあるけれど、きっと、限られてくるだろう……

「なにしろ、たった一年しかないんだ」

一年。麦生は不穏な心地になる。麦生が、北京に行く。それも一年も。当の麦生は、勢いづいた自分自身を照れるように、とりあえずまずは……と笑っている。

「パスポートを作らなきゃいけないんだけどな」

一瞬、何を麦生が言っているのか、縁珠は分からなかった。

「え?」

あたりまえのことを話すように麦生は言い直す。

「ひとまず、パスポートがなくっちゃ、どこにも行けないもんな」

パスポートがない? 縁珠は愕然《がくぜん》とした。麦生がパスポートを持っていなかったことに驚いたのではなかった。パスポートがない? 縁珠にとって、パスポートは、なくてはならないものだった。ない、ということは、想像したことがなかった。だから縁珠は、パスポートがない、という言葉がにわかには呑み込めなかった。麦生は、やっぱり、あたりまえのように話し続ける。

「他の何を忘れたって、パスポートと、語学力さえあれば大丈夫。大林老師も、そう言っていたよ……そんなこと言われたら、かえって不安になるけれど……」

同意を求めるように麦生は笑いながら縁珠を見る。大林老師という箇所のみを、麦生は中国語で発音する。大林の仕込んだ中国語で。

「パスポートと、語学力……」

縁珠は、足元から全身が強張ってゆくのを感じる。それから、麦生に北京への留学を熱心に勧めたのが大林であることを、聞かされる。麦生の声は無邪気だった。

「大林老師は、変な人だ。なんと、中国人になりたかったんだって。今では、自分は日本人であるというよりも、中国人であるような気がすることもあるぐらいだって……」

——再一次，杨同学。

もういちど、楊さん、という意味の中国語が蘇る。

——再一次。

もういちど、言って。促されて縁珠は、唇を、ぎごちなく動かす。

——……我，我吃午饭……

いけません、いけません。縁珠が言い終えるより早く、大林は首を振る。

——吃。よく聞いてください。chī ですよ。cī ではありません。

大林の口調は、厳しいものではなかった。むしろ、ものやわらかだった。

——奥歯を嚙んで、舌先を上あごに触れさせてください、こんなふうに……

大林の発音した、chīが、静まり返った教室に響く。それは、ち、と、ぢ、の間にあるような音だった。縁珠は、ち、ではなく、ぢ、でもない、大林の発したchīという音が、途切れたときのことを考えて眩暈《めまい》がしそうになる。さあ、もういちど、と大林が言うのを恐れて身体が強張る。縁珠の緊張を察したのか、chī、を言い終えた大林は微笑を浮かべた。

——zhī chī shī……あなたには、やっぱり難しいようですね。南方の人は、皆、できませんですから、杨同学。できるだけ最初のうちに、努力してください。正しい中国語を習得するには、初めが肝心ですよ。

縁珠は、麦生を遮って、言った。

「台湾は、中国ではないから……」

麦生が縁珠を見た。

「どういう意味?」

縁珠は、薄く笑いながら首を振った。麦生にむかって、何かを喋ることが急におっくうなことに思えた。「なんでもない」という声さえ、出すのが、とてつもなくおっくうな気がした。

「今の、どういう意味?」

麦生は、繰り返した。なんでもない、と言わなくてはと思い声を絞り出そうとしたとき、縁珠はどきりとした。麦生の目は真剣だった。真剣に、縁珠が何か言うのを待ち構えていた。いつになく深刻な目つきをした麦生を見ながら、自分も、きっとこんな顔で父を見つめていたのだな、と、縁珠は思う。

――台湾は、中国ではないから……

父が、ポロッと漏らしたとき、縁珠は思わず父を見た。どういう意味？　父はうつむいてペンを動かしていた。傍らには、金庫から又一冊だけ取り出された父のパスポートがあった。ねえパパ、今のどういう意味？　父が、顔をあげる。縁珠は父に言った。

――台湾は、中国じゃないって、どういう意味？

父は、縁珠がそう言うのは思いがけなかったのか、ちょっと驚いた顔をした。そのあと、まずいことを言った、という表情を父が浮かべたのを縁珠は見逃さなかった。だから念を押すように繰り返す。どういう意味？　父は、口ごもりながら言った。

――台湾は特殊なんだ。

――特殊？

父は、そのことをあまり喋りたくなさそうにしていたが、縁珠はさらに質問を重ねる。

――中国じゃないのに、どうして、中国と書くの？

父がペンを走らせていたカードには、父の姓名と、生年月日、旅券番号、航空機便名等が、父自身の平べったい文字で書き込まれてあった。その国籍欄に、「中国（台湾）」、と父は書いていた。

――中国（台湾）。

縁珠は目を凝らした。「中国（台湾）」。何故、こんな書き方をするのだろう。

――どうして、括弧《かっこ》で台湾を括《くく》るの？

娘の質問に対し、何語で答えようか悩んでいるのか、あるいは、どのように説明するべきか思いあぐねているのか、父は、くたびれた笑みを浮かべる。縁珠は、父の喉の中でくぐもっている声が（何語でもいい）言葉になって現れるのを、待ち構えた。父は、あきらめがついた、とでもいうように声をあげて笑った。

――要するに……

ようするに。父は、この日本語をよく遣う。そうだ、日本語だった。父は、ひとことひとこと、じっくりと言葉を選びながら、日本語で、そのことを説明してくれた。

――中国を代表する国家としての、代表権を、台湾と中国は争っていたんだ。つまりね、中華民国と、中華人民共和国。どちらが、台湾か、縁珠、分かる？

再入国カードの傍らにあった父のパスポートの「中華民國」を見やりながら、縁珠は頷く。

――ところが、台湾は、負けてしまった……

父は、笑っていた。笑いながら、そう言った。

――中国を代表するのは、中華人民共和国。そうなった。縁珠、国連って分かる？　国連が、中国の代表は、台湾ではなく、中国であると決めた。台湾は、そのときから、中国の代表、ではなく、中国の一部、としてみなされるようになった。

縁珠は、中国（台湾）、とある父の再入国カードの国籍欄を、改めて見やった。父は、自分の平べったい文字を指さして、言う。

――そして、日本も……

――日本も？

縁珠は奇妙な落ち着かなさを覚え、父を見つめる。

――日本も、台湾との縁を切って、中国と付き合うことにした。

父の声は穏やかだった。縁珠は黙った。

――……ㄊㄧㄢˊ　ㄓㄨㄥ　ㄐㄧㄠˇ　ㄖㄨㄥˊ……

ずっと日本語で話していた父が、突然、中国語に切り替えた。

――ティエン・ゾン、ジャー・ロン？

父の発音した音を、縁珠は急いでなぞる。日本語ではなんといったっけ、と父は台湾語で呟く。床にひざまずいて明日からまた上海へと出張する父のための荷造りをしていた母が、タナカ、と声をあげる。

――タナカ、カクエイ。

自分と父とのさっきからの会話を、母も聞いていたのかと、縁珠は、奇妙ないたたまれなさを覚える。父は、そうだった、と台湾語で呟いてから、すぐにまた縁珠にむきなおって日本語で言う。

――田中角栄という総理大臣が、台湾を捨てて、中国を選んだ……

母がまた、口を挟む。

――その頃のこと、よく覚えている。隣の家に住んでいた大学生が、野良犬にTián zhōng（田中）と名づけて、棒を振り回して苛《いじ》めていたのよ。

縁珠は、笑った。笑いだした縁珠を、麦生は困惑した表情で見つめた。麦生なんか、北京へでも、どこへでも行っちゃえばいい。そう思ったら、また、笑いがこみあげる。麦生は、縁珠が急に笑っても、母のように「シャオラ」と呟かない。おかしなひと。縁珠は、「シャオラ」と呟くはずがない麦生にむかって、わたしの生まれたところは括弧で括られているのよ、と言おうとするがやめる。代わりに、

「パスポート」

と、囁く。

「パスポートができたら、一番に見せて」

台湾を捨てて、中国を選んだ総理大臣と同じ苗字が記載されているパスポートを、見せてもらおう。縁珠は思った。麦生は困惑した表情のまま、ぎこちなく頷いていた。

8

父は、煙草を吸わない。だから、軍で配給された煙草は皆、祖父に渡していた。祖父といっても、父の実父である父方の祖父ではない。父の実父とその兄は既に亡くなっていた。その頃、父のまわりで煙草を吸う目上の人間はといえば、恋人の父親ぐらいだった。娘の恋人から煙草をうけとると、縁珠の母方の祖父はマッチを擦った。その指先を、若かった縁珠の父は心持ち緊張しながら見つめる。

——それで？

炎を、指に挟んだ煙草の先にうつすと、祖父は穏やかな声で聞いた。

——軍隊での生活はどうなの？

父は、あいまいに笑った。煙草は、父が在籍していた中華民国航空軍のものだった。一九四五年以降、台湾全域を統治している中華民国政府——国民党、を、ことあるごとに批判していた祖父も、父の持ち帰ってきた航空軍の煙草は旨そうに吸った。父は二十四歳だった。大学を卒業して入隊した。二年間という期限付きの軍人である。

もう少し、遡《さかのぼ》る。父は少年、母は少女だった。サイレンが鳴る。避難訓練の合図だった。地震や火災に備えての、ではない。大陸の中国共産党軍による空襲を想定しての訓練だった。机の下に潜り込んだ子どもたちは、親指を耳に入れて、残りの指で目を覆う。教師が叫ぶ。さあ、早く目と耳を隠して！　中国共産党軍の爆弾にやられてしまうわよ！　子どもたちは、空想の爆弾を、というよりは、教師たちに鞭で打たれるという罰が怖くて、叫ぶ。

――共産圏の鬼が来た！

それは、一九五〇年代から七〇年代にかけての台湾での、ごく普通の光景だった。中華民国政府は、大陸を「占拠」している「鬼」――中国共産党と闘うため、台湾全域に戒厳令を敷いていた。

――共産圏の鬼が来た！

教師が叫ぶ。

――共産圏の鬼が来た！

子どもたちは復唱する。台湾語ではなく、中国語で。中国語は、中華民国政府が国語と定めた言葉だった。中華民国の国民ならば、中国語を喋らなければならない。そして、中華民国国民ならば、「共産圏の鬼」から国を守らなければならない。

――さあ、兵士になりましょう。

その通知が届いたとき、縁珠の父は大学に通っていた。大学に在籍している者には猶予が与えられていたので、父は卒業してから入隊した。父が入隊した年、母はもう勤めに出ていた。父は休暇ごとに母の実家に寄った。祖父と向かい合った。祖父はいつも、父から手渡された航空軍の煙草をふかぶかと吸いながら、軍での生活はどうかと、たずねた。父は緊張しながら慎重に言葉を選び、軍についてよくもわるくも言わなかった。

——そんな資格、奴らにあるものか……

書斎に一人こもった祖父は、煙草を灰皿に荒々しく押し付ける。

——あんな、青年たち……前途有望な若い青年たちを、かき集めて……

やりきれない怒りが込みあがり、次の煙草を取り出そうとした指が震えた。一九四九年以来、戒厳令を敷き、台湾に我が物顔で居座り続けている国民党のことを思えば思うほど、震えはおさまらなかった。

——奴らが、海峡を挟んで、勝手にやりあっているだけじゃないか……ここから、撤退すべきなのは、奴ら自身じゃないか……

中華民国は、台湾海峡を挟んで、大陸を「占拠」した中華人民共和国と戦闘をしていた。頭上で砲弾が飛び交う中、自分のような台湾人は皆、息を、殺せる限り殺して、あの時代をすごした。

——あの時代に生まれた台湾の子どもらを、集めて……兵にとる資格が……

沸き上がる怒りをなんとか鎮めようと、彼は目を瞑《つむ》る。そのとき、彼の妻がそっと書斎の戸をあける。彼らの娘は、今しがたここで彼と向かい合っていた恋人を汽車の停車場まで見送りがてら、束の間の逢瀬を楽しんでいるだろうから、しばらくは帰ってこない。その強張った背中を見れば自分の夫が何を考えているのか、祖母には容易に想像できた。祖母は、吸殻で一杯になった祖父の灰皿を手に取った。祖父が、目を開けた。

——いい子じゃないの。いつも、あなたのためにこんな、特別の煙草を……

吸殻を屑籠にすべり落としながら、祖母は、小さいが明るい声で言った。祖父は、祖母に応えなかった。祖母は、空になった灰皿を夫の前に差し出しながら、

——あなた、そろそろ覚悟しなくちゃよ。

——覚悟？

祖母は、からかうように祖父を見つめると、

——あの子、そろそろ、兵役が終わるんだもの。もうじき、結婚を申し込んでくるわよ。

縁珠は、めずらしく饒舌《じょうぜつ》だった。黒く、艶のある長い髪を、剝《む》き出しの背中のうえに波打たせながら、母を、彼らの娘、と言ったり、父を、娘の恋人、と言ったりする口調は淡々としていて、それは、家族について話している、というよりは、子どもの頃に親しんでいた御伽噺《おとぎばなし》——ずいぶんとながいこと思い浮かべることもなかった御伽噺——を、辿ってゆくような話し方だった。御伽噺は、娘、と、その恋人が結婚をしそう、というところで、中断された。

「お祖母《ばあ》ちゃん、いつも言ってる。お祖父ちゃんの灰皿、ちょっと目を離した隙にすぐ一杯になっちゃうって」

麦生は、夢から覚めたように、縁珠を見た。縁珠は、灰皿の縁に立てかけてあった麦生の吸

いさしの煙草をそっとつまんだ。

「麦生は、いつから煙草を吸いはじめたの？」

予想外のことを訊いてくる。麦生は、

「いつだっけな……浪人の頃かな」

縁珠は、指に挟んでいた煙草を麦生に咥《くわ》えさせると、麦生の目をのぞきこんだ。

「どうして煙草を吸いはじめたの？」

麦生は煙を吸い込むと、

「別に……」

すこし間をおいてから、言った。

「別に、たいした理由なんか、ないよ。」

麦生は、困ったように笑った。縁珠は、笑う麦生の耳に唇をよせると、囁いた。

「何か、喋って」

麦生は、身体が火照《ほて》り出すのを感じながら、何を？　低い声で訊き返す。何でも。縁珠は繰り返す。何でもいいの。何か、喋って。

「喋ることなんか、何もないよ……」

やっと、そう言った麦生の声に、縁珠はうっとりと耳を澄ました。それでいいの。それでいい。その声を、聴いていたいの。

服や、下着や、髪や、皮膚に、煙草の匂いをつけて帰ってくることが多くなった縁珠を、母親はもてあましているようだと、縁珠はうすうす感じていた。麦生と会ったあと、玄関の灯が消えていると、縁珠はホッとした。麦生とからだを合わせた余韻を引き摺ったまま、母と顔をあわせるのは億劫だった。母にはできれば眠っていて欲しかった。縁珠は、脱皮するしなやかさで、身に着けていたものを脱ぎ捨ててしまうと、湯船に身を浸した。浴槽から、ぬるくなった湯が静かに溢れ出るのを、とろりと眺める。湯は、乳白色だった。母の好きな入浴剤の色だった。母の裸が、よぎる。縁珠は大急ぎで頭を振ると、唇が浸るまで、身を沈めた。乳白色の湯がまた、少し溢れた。母は、よく、あいのこ、に間違われたという。生まれつき、色が白かった。母はよく、昔話──祖父母が若かった頃のことや、母自身が子どもの頃の話──を、枕元で縁珠に聞かせた。

──あいのこって、なあに？

幼い自分の、母に訊ねる声が、水に浸した耳の奥で聞こえる気がした。

──混血児のことよ。

──コンケツジ？

──外人の血が混じっている子どものこと。

縁珠は、乳白色の湯に潜めたからだを、そっとさすった。

──色、白いね……

初めて肌を見せたとき、麦生は驚きながら呟いた。湯が、波打つ。湯にたゆたう乳房を、縁珠は、わしづかみにした。麦生、と囁こうとしたが、声にならない。どうしてだか、とつぜん、幼児を抱いた女の姿が瞼の裏に浮かんだ。縁珠には意味の分からない言葉で叫んでいた子どもをあやす、彫りの深い顔の女だった。エキゾチックな顔立ちのその親子を、どこで、見たのだっけ……思い出そうとしていたら、橙色《だいだいいろ》の灯りがパッと射した。縁珠は慌てて、湯のなかに身を沈めた。

「どうして、電気を開けないの?」

浴室の扉に、母の影が映っていた。まだ起きていたのかと思い縁珠は苛立った。母の影は、浴室の扉を開けようかどうかためらっている。釘をさすように、縁珠は叫んだ。

「大丈夫よ!」

影が、ぴたりと止まる。縁珠は続けた。

「大丈夫よ、お風呂から上がったらもう寝るから。ママは、先に寝てて大丈夫!」

そこまで言うと、縁珠はシャワーの栓を捻った。勢いよく飛び出した水が、浴室のタイルを打ちつける音の向こうで、母が何か呟くのが聞こえた。何語なのかまでは聞き取れなかった。母の影が見えなくなっても、縁珠はシャワーの栓を閉めなかった。長い溜息をついてから、浴槽を出た。幾筋かの長い髪の毛が排水孔に勢いよく吸い込まれてゆくのを見やりながら、淡々と身体を洗った。浴槽の中の乳白色の湯が、鈍く波打っていた。脱衣所でも、事務的といってもいいぐらい、ごく簡単に身体をふき下着を身につけるが、髪の毛だけは、いつものようにうんと時間をかけて手入れする。時計を見ると、午前一時を廻っていた。急に眠気が襲う。それでも、指の腹に浸した椿油を髪に沁み込ませるという手入れを、最後までやり遂げた。子どもの頃はいつも、母がしてくれた。きゃっきゃとはしゃぐ縁珠の頭を柔らかい力でおさえると、母は椿油を、縁珠の頭皮に馴染ませていく。母の指の感触は心地よく、いつも縁珠はうとうととしかけた。母と一緒に風呂に入らないようになってから、自分でするようになった。

髪の手入れを終えて脱衣所を出ると、また、眠気がおとずれた。ところが、眠気はすぐに、遠ざかった。母が、いたのだ。電気もつけずに、憮然とした表情を浮かべて、リビングのソファーに浅く腰掛けていた。薄明かりの中、母は、縁珠のほうを見ようともせず、顔を前に向けたままだった。ママ、まだ起きていたの……と言おうとするが語尾が掠れてしまう。母が、低い声で言う。座りなさい。縁珠がためらっていると、母は大声を出した。

「早く、座って!」

縁珠はビクッとして母を見た。母が、縁珠の顔を睨《にら》むように見据えていた。

「正直に、言いなさい」

縁珠が母の横に座ると、母はたずねた。

「縁珠、あなた、煙草を吸っているの?」

縁珠は、ひきつった表情のまま、首を振った。

「それなら……」

母は、少し間を置いてから、続けた。

「煙草を吸う人と、付き合っている?」

縁珠は、うつむいた。

「縁珠」

母の声は、力強かった。

「言いなさい。煙草を吸う人と、付き合っているの?」

母が、縁珠の腕を摑もうとした瞬間、縁珠は反射的に身を引いた。娘の腕を摑みそこなった母は、長い溜め息をついた。

「言えないのね……」

母の声は、低くなった。縁珠は、湯上がりでまだ火照っているからだを強張らせたまま、押し黙っていた。母が、ほんの一瞬、べそをかくような顔をしたように見えたが、

「……パパがいない間は、ママがあなたを守るしかないの」

そう呟く母の横顔は、厳しいままだった。

「パパが留守なので、ママがあなたのことを守るの……」

縁珠は黙って、母が何を言うのか、待った。母の声は、だんだん、高くなってゆく。

「あなたは、まだ十八歳よ。未成年よ。そして、女の子よ。わかっている?」

リ、ザイボ？（わかっている？）……、母が、台湾語で訴えるように、そう言うのを縁珠は黙って聞いた。リ、ザイボ？（わかっている？）、子どもの頃から、何度も聞いてきた言葉だった。昔から母は気が昂ぶると、日本語で話すことを完全に放棄した。約束の五時を過ぎても家へ帰らず、六時近くまでミュちゃんと公園で遊び続けていた縁珠を探しにきた母は、砂場にいた縁珠を見つけた瞬間、

——ここにいたのね！

台湾語で叫んだ。縁珠の母を、ミュちゃんは目をまるくして見つめた。ミュちゃんが目に入っていない母は、怒気のこもった声で、日本語と、中国語と、そして、台湾語とを、順不同に並べ立てながら、いきなり縁珠を叱り付けた。ママお願いミュちゃんが見ているからやめて、せめて日本語で喋って、と懇願する縁珠の日本語は、母の気迫に圧《お》されてかき消される。

「リ、シ、チャボギャア……（あなたは、女の子よ）」

窓の隙間から夜風が吹き込み、カーテンを静かに揺らしていた。風は、乾かしたばかりの縁珠の髪もサラサラと揺らす。母の声も揺れていた。日本語と、中国語と、台湾語と、三つの言語が、母の声のなかで、ひしめきあっていた。母の言葉。声と、意味とが、重なり合っている。声と、意味とを、重ねるための綴じ目。もつれる。縁珠は、瞬きをした。綴じ目が、もつれてゆく。綴じ目のむこうに、意味が、渦巻いていた。

（あなたは、女の子よ。まだ、未成年よ。煙草の匂いをつけて、こんな時間になってから帰

ってくるなんて、もってのほかよ……パパは、どう思うかしら……）

母の、口調そのものは、強かった。でも、こんなの。縁珠は思った。こんなの、まともな言葉じゃない。何語でもない。いつもこうだ。母はいつも、意味だけで、襲い掛かってくる。

「おじいちゃんだって、吸っている！」

縁珠は、叫んだ。

「おじいちゃんだって、煙草を吸っている……！」

叫んだことによって、縁珠は、自分でも制御できない力が、突如、溢れ出てくるのを感じた。からだが震えていた。母は、そんな縁珠を、驚いて見つめたが、すぐに言った。落ち着きなさい。日本語だった。

「落ち着きなさい、縁珠。今は、そんな話をしているんじゃない。大事な話をしているのよ……」

母の声は、冷静だった。縁珠は、唇を震わせながら、言った。

「どんな話よ？」

母が、震える縁珠をじっと見据えていた。母の目の奥に、意味が渦巻いているのを、縁珠は想像した。それが、有無をいわさず、自分を呑み込んでしまうのを想像した。呑み込まれるものか！　という日本語が胸を突いた。次の瞬間、母にむかって、思い切り縁珠は叫んでいた。

「わたしと大事な話がしたいのなら、ちゃんと日本語で話してよ！」

縁珠の、身体の底からせりあがった日本語は、熱い塊になって、母の前で燃え盛っていた。

9

木彫りの祭壇には、潮風と香の匂いが滲み込んでいた。壇がそこに据えつけられたときから、一日たりとも、香が欠けたことはなかった。壇の中央には、海から天空をめがけて舞い上がる龍を背後にひかえた媽祖《まそ》の姿があった。壇の右端には、金、左端には銀の香炉が置かれ、金銀の香炉の間には、先代の肖像が鎮座していた。香炉からたちのぼる煙をなつかしく吸い込んでから、

——おじいちゃま、来ました。

女は、両手をそっと合わせた。女は、肖像の祖父にむかって一礼するとゆっくり振り返った。祭壇を照らすように射し込む陽光がまぶしかった。表があかるすぎるせいか、家の中は、木陰のような暗さに満ちている。その涼しげな暗がりのほうから、しわがれた声がした。

——名前は？　もう決めたの？

声の主である老女は、安楽椅子に揺られながら赤ん坊を抱いていた。

——決めたわ。

女は溌剌《はつらつ》と応えた。

——まあ、どんな？

老女が、赤ん坊に頬擦りをしながら訊ねる。女はあどけなさの残る笑みを浮かべて、自分が産んだ赤ん坊の名を告げた。

——緑珠。

——緑珠？

老女は、赤ん坊の薄い毛の生えたまるっこい頭をやさしくさすりながら訊き返した。

——そう、緑珠。

安楽椅子に近づきながら、赤ん坊の母親である若い女は、繰り返した。

——あの人が、つけた名前よ。

安楽椅子のそばに立っていた赤ん坊の祖母が、言い添えた。

——緑珠。

赤ん坊の曾祖母である老女は、名を呼びながら、赤ん坊の唇をチョンとつついた。赤ん坊が歯のない口をもぞもぞと動かしてその指にシュパシュパと吸いつきよだれだらけにすると、三人の女たちは声をあげて華やかに笑った。

緑珠が、曾祖母に抱かれたのは、そのいちどきりだった。台湾では、女が子を産むとひと月外出してはならない、坐月子（zuò yuè zi）、と呼ばれる習慣がある。その坐月子が明けてすぐ、母は祖母に伴われ、生後一ヶ月の緑珠を抱いて、北から南へと延びる汽車に乗り継ぎ、祖母の生家へ向かった。祖母の生家は、西の海から射す陽光が格別に美しいと評判の町にあった。祖母は長女だったので、縁珠が生まれた頃の曾祖母は、まだ七十に届いていなかった。生きていれば八十近かったはずの曾祖父は、肺病をやんで早くにこの世を去っていた。

漢方医だった曾祖父とともに、曾祖母はその町有数の薬局を経営していた。曾祖父は、漢方医とはいっても、元は、仲間と共に町から町へとめぐり、幾種類もの薬草を調合した薬を土地のものに売る旅回りのクスリ屋だった。曾祖父がその町を初めて訪れたとき、曾祖母はまだ年端のいかぬ少女だった。曾祖母は、吟遊詩人さながらの完璧な口上で薬草の効能を謳《うた》い上げていた曾祖父に一目惚れをした。毎日、薬を売りさばいている曾祖父の姿をのぞきに出掛けた。自分を慕う曾祖母の存在に曾祖父は気づき、ときどき声を掛けてやったりしたが、相手がほんの少女であることはわきまえていた。幾年か経ち、曾祖父が再びその町を訪れると、自分にまとわりついていた少女は、いつのまにか結婚適齢期の女に相応《ふさわ》しい色と艶を備えていた。彼女が自分に微笑みかけた瞬間、この町に根を下ろそうと彼は決意した。初恋の男への思いを遂げたあとの曾祖母は、逞《たくま》しかった。女の子を筆頭に、十人以上の子どもを産んだ。生活のために薬局を開業した。曾祖父には、今でいう、薬剤師のような役目を与え、自分は店を経営するのに走り回った。曾祖父は、曾祖母のやり方に従った。子どもたちが大きくなるにつれ、薬局は大きくなっていった。そうやって築いた財で、海へと沈みゆく太陽がとりわけ美しく見える高台に、家を建てた。その海を見下ろしながら、曾祖父は十人の子どもたちに看取られて息をひきとった。まだ六十前だった。曾祖父がどこで生まれたのか、曾祖母をはじめ家族は誰も知らなかった。この町に棲み着く以前の曾祖父が、どこにいたのかさえ、はっきりしなかった。物心ついた頃には、親代わりのおとなたちとともに各地を転々としていたという曾祖父に、故里《ふるさと》はなかった。若くして未亡人になった曾祖母は、土地のやり方で曾祖父を手厚く葬送するとやはり海の見える丘に墓をたてた。夏の盛りだった。

　縁珠の曾祖母は、赤ん坊の縁珠を、縁珠の母親に手渡した。縁珠の母親は、薄い毛の生えた縁珠のまるっこい頭を、ぽんぽんっと叩いた。それを眺めながら曾祖母は、縁珠の母親が赤ん坊だった二十数年前、母親になったばかりの縁珠の祖母が、一丁前の母親のように馴れたしぐさで赤ん坊をあやすのを眺めながら、自分も年をとったものだと実感したことを思い出す。南国の陽射しと、午後の熱気で、縁珠は汗ばんでいた。筵《むしろ》に寝かせて、粉をはたいてやると、縁珠は泣き止み、すぐにきゃっきゃっと笑いだした。まだうら若い縁珠の母親は、赤ん坊の機嫌がよくなったのを誇るように、祖母たちのほうを振り向いた。

　――それで……

安楽椅子の上で、うちわを扇いでいた曾祖母が言った。

――あんたの旦那さん、日本領事館に出入りしているんだってね。

育った十人の子どものうち、縁珠の祖母を含めた六人の子どもたちを、日本の学校に行かせた曾祖母は、ちょっと考えてから、日本語で言いなおした。

——に、ほ、ん。

自分が薬局の経営に奔走していた頃、日の丸の旗が、台湾のあちらこちらで翻っていたのを、四十年ぶりに思い出した。に、ほ、ん。子どもたちは、その、日本式の教育を受けていた。上級学校へ行こうと思うのなら、日本語で試験を受けなければならなかった時代である。曾祖母よりも曾祖父のほうが子どもたちの教育に熱心だった。曾祖父は、自分には学がないから身体ひとつで生きなければならなかった、と強調した。ことあるごとに、おまえたちは学を身につけて生きる武器にしろ、と語った。子どもたちが学校でよい成績をとってくると、自分は字も読めないというのに、成績表に記された「甲」という文字の部分を指でなぞりながら、えらいぞ、えらいぞ、と笑みを浮かべた。に、ほ、ん。曾祖母が呟いたのは、あの頃、子どもたちが言っていたのを、耳で聞き取って覚えた日本語のひとつだった。

——旦那さんが日本に行くことになったら……一緒についていくの？

曾祖母の声は、低く、柔らかだった。どこかで風鈴が鳴っていた。あお向けに寝かせた生後一ヶ月の縁珠をうちわで扇ぎながら、

——彼が、一緒に来てと言うのなら……

縁珠の母親は、遣い馴れた台湾語で彼女の祖母に答えた。安楽椅子の老女は皺だらけの笑みを浮かべると、

——あんたも、そうだったけれど……

うちわを手に座椅子に腰掛けていた自分の娘をちらっと見やった。娘はもう五十近かったが、母親に見つめられて十七、八の少女のようにはにかんだ。彼女がほんとうに十八歳だったのは、縁珠が生まれるよりも三十年昔のことだった。この町で生まれ育った彼女は、三十年前、汽車で北へと旅立った。弟や妹たちが手を振っていた。厳しい表情で泣くのをこらえている母親を、微笑した父親が支えていた。両親の脇には、中学にあがったばかりのすぐ下の弟が、父親そっくりのやさしい笑みを浮かべていた。窓から遠ざかる家族の姿を、涙を流しながら見つめていた十八歳の縁珠の祖母の肩を抱いていたのは、祖父だった。新婚の祖父母を乗せた汽車の行き先は、台北。家族らの姿が見えなくなってしまうと、祖母は祖父の肩にもたれかかった。祖父は、祖母の背中をゆっくりとさすった。

――好きになった人と、遠くに行こうとするねえ……

木陰のような家のなかに、曾祖母の奏でる土地の言葉がやわらかく沁みわたった。表は、うだるような暑さがやっと落ち着いてくる頃だった。陽が、沈みかけていた。縁珠が、心地よさそうに寝息を立てはじめる。

――この、縁珠は、どこまで行っちゃうんだろうねえ……

10

縁珠の両親は、東京と日本を、言葉の上で区別していなかった。東京と言えば日本のことを意味していたし、日本と言えば東京という意味だった。日本に初上陸したとき、縁珠は三歳だった。パスポートの写真は、母の膝の上で撮った。歩くのはまだおぼつかなかったが、飛行機の座席にはなんとかひとりで座ることができた。紫色の制服を優雅に着こなした女たちは、三歳児の乗客を、他の乗客とほとんど変わらぬ態度でもてなした。飛行機で、縁珠はおとなしかった。気圧の変化のせいで耳の奥がぎゅうっと鳴ったときだけ、少し泣いた。

——おとなしすぎるから、おかしいと思っていたのよ。

縁珠の泣き顔を見て、目尻に皺をよせて笑ったのは紫色の制服を身に包んだ女たちの中でも、いちばん年をとっている女だった。

——小さいのに、よくがんばったわね。

飛行機から降りるときも、その人だけが、縁珠を縁珠の年相応に扱ってくれた。

——来日の目的は？

入国審査官は、二人分の中華民国のパスポートを差し出した縁珠の母親に日本語で質問した。きれいな顔立ちだが、厳しい表情をした若い男の審査官だった。縁珠の母が困惑していると、その若い審査官が、

——For what purpose do you want to enter Japan?

英語で、おなじ質問を繰り返した。英語で言い直されたとたん、答えがぱっと母の口をつい

て出た。

——Sightseeing!

それを聞くと、厳しい顔の入国審査官は、二冊分のパスポートをつき返し、早く進め、と言わんばかりにひらひらと手を振った。そうやって、縁珠は母親と日本に押し出された。到着ロビーでは、既に日本に滞在していた縁珠の父が、妻と幼い娘をじりじりと待っていた。彼は、縁珠の手を引く妻の姿をみつけたとたん、あっ、と声をあげた。そして、人波を懸命に掻き分けて、妻と娘のもとへと、満面の笑みで突進した。

父が、「寮」と呼んでいた六畳二間のアパートは、東京にあった。父の長兄である伯父がたちあげた会社の名義で借りていたアパートだった。父は、伯父の会社の東京事務所を開設するのを任されていた。その頃の父にとって、日本での滞在が長期的になるかもしれないということは漠然と分かっていたが、それが一年なのか三年なのかあるいは五年なのか、というのはまだはっきりとは分からなかった。それでひとまず、三ヶ月期限の観光ビザで、妻とまだ幼い娘を、日本の自分の許《もと》へと呼び寄せることにした。

——縁珠、飛行機も大変だったろう?

羽田空港から「寮」にむかう車の揺れの中で、縁珠はぐずって泣いた。あと少しあと少しと言い聞かせている母に同情して、父は言った。母は、膝のうえにのせた縁珠の背中をさすりながら、

――この子、陸よりも、空のほうが性に合うみたいね。

そう言った母と縁珠を、父は不思議そうに見つめた。翌朝、妻と子を「寮」に残し、縁珠の父は出掛けていった。父がいなくなってしまうのをいやがって泣き出す縁珠に、次の休みにはディズニーランドという遊園地につれていってあげる、と言い聞かせた。その年にできたばかりの真新しい遊園地だ、とも言った。母は縁珠を抱き上げて、「寮」のベランダに立った。出掛けてゆく父が、こちらをみあげながら手を振っていた。パパ、パパ、と縁珠は父に手を振り返した。天気がよかった。簡単な昼飯を済ませると、母は、よちよち歩きの縁珠の手をひき、近所を歩いた。アパートのすぐ近くに線路があった。金網越しに、やまのてせん、という緑色の車体の電車が走っていた。父は、いつもそれに乗っていた。よよぎ、という駅で、そうぶせん、という黄色の車体の電車に乗り換えて、おちゃのみず、というところに行くという。

――公園！

縁珠が、うれしそうに叫んだ。母が、縁珠の指さすほうに目をやると、ブランコや、シーソーなど、見慣れたものの他に、薄桃色の、変な形をしたものがそびえているのが見えた。よく見ると、それはタコだった。タコの形に似せて作った滑り台だった。

――なるほど……

縁珠の母は、感心した。八本あるタコの足が、それぞれ滑り台になっている。台湾では見たことのない代物だった。縁珠は、タコにむかって走り出した。娘の、いつ転んでもおかしくはない危なっかしい足取りに、苦笑しながら。縁珠は、人よりもずっと、歩き出すのが遅かった。日本の空は高く、澄んだ青色をしていた。からりとした風がときどきそよいだが、南国から来た縁珠の母には、肌寒いぐらいだった。縁珠に、冬用のジャケットを着せてよかった、と思った。駆けていった縁珠は、タコの滑り台のふもとにひろがる砂場まで何とか転ばずにたどり着いて、しゃがみこんだ。つかんだ砂が、指と指のあいだからこぼれる感触が楽しいのか、きゃっきゃと笑っている。縁珠が砂場で遊ぶのから目を離さずに、縁珠の母はベンチに腰掛けた。

台湾の公園でも縁珠はあんなふうにして遊んでいた。日本にも公園があってよかったと思った。澄んだ空に、ひとすじの飛行機雲が伸びていく。きのうの今頃は、飛行機の中だった。日本は、台湾とあまり変わらない。きっとやっていける。縁珠の母は思った。そのとき、一人の少女——縁珠より、少し年長ぐらいの——が、砂場にすたすたと入ってくるのが見えた。少女は、砂をつかんではしゃぐ縁珠にむかって、何か言ったようだった。縁珠は、突然話しかけてきた少女を、驚いて見あげている。少女は自分もしゃがみこんで縁珠と目を合わせると、最初に話し掛けたときとおなじ言葉を繰り返した。縁珠は口をぽっかりとあけて、少女のおかっぱ頭を見た。

——×××！

そのとき、別の声が響いた。少女は、声のするほうを見た。もう一人の少女が砂場にむかって走ってくるところだった。おかっぱ頭の少女は高い声を響かせ、

――×××！

駆け寄ってきた少女に手招きすると、おかっぱ頭の少女は、縁珠を指さしながら、また何かを言った。おかっぱでないほうの少女はそれを聞くと、しゃがんでいた縁珠にむかって、おかっぱの少女よりも大声で何かを言った。縁珠は、少女たちをポカンと見あげたまま、動かなかった。おかっぱの少女が、ほら！　と言った。ホラ、という音を、縁珠が聞きとった瞬間、おかっぱでないほうの少女が縁珠の体を、手で突いた。その弾みでバランスを崩した縁珠は、砂の上に尻餅をついた。澄んだ空の色が目に入った。何が起きたのかよく分からなかった。次の瞬間、抱き上げられていた。縁珠の母が、尻餅をついてひっくり返った娘を、急いで抱き上げたのだ。縁珠の母は、少女たちのほうを見た。ジャケットを着込んでもっこりとふくらんだ縁珠と違い、少女たちは薄着で身軽そうだった。少女たちは、ばつが悪そうに、砂場に一人でしゃがみこんでいた子どもの母親を見あげた。

――わざとじゃないの。

縁珠を突き飛ばしたほうの少女が、先に口を開いた。

――一緒に遊ぼうって言ったのに、無視するから。

――遊びたくないの？　って聞いたのに、無視するから。

――一緒に遊びたくないのならあっちに行ってよって言ったのに、動かないから。

少女たちは澄んだ高い声で、交互に説明した。縁珠の母は、口を開いた。が、言葉が、出なかった。母は、日本語を知らなかった。泣きじゃくる縁珠の頭を撫でながら、日本の少女たちに、なんと言えばいいのか分からなかった。ものいいたげではあるが、なかなか言葉を発しない縁珠の母親を、少女たちは怪訝《けげん》そうに見上げていた。縁珠の母が砂場から立ち去ると、少女たちはちょっと顔を見合わせてから、何事もなかったようにしゃがみこんで遊び始めた。縁珠の母は、泣きじゃくる縁珠の濡れた頬をガーゼ生地のハンカチで拭いながら、縁珠のいた砂場を占領してままごとらしき遊びを始めた少女たちを振り返る。少女たちは、甲高い声をあげて、はしゃいでいた。日本語で、はしゃいでいた。縁珠にも、母にも、その声の意味することが、まったく分からなかった。

縁珠は三歳四ヶ月だった。

縁珠は、母親をはじめ、縁珠に話しかける大人たちの言葉を真似するのが、とても上手で、一つ年上の従兄《いとこ》と比べると、縁珠のほうが先に生まれたようだった。息子の頬を突きながら、

——この子ったら、きっと、縁珠にキスされちゃったんだわ。

従兄の母が冗談めかしてそう言うと、親族中が笑った。従兄の母である伯母は、自分の田舎では、キスをすると、したほうが、されたほうの言葉を吸い取ってしまうという言い伝えがあると皆に言った。なかなか話し出さない息子をじれったく思っていた伯母は、義妹である縁珠の母親にそう言って、わざと嫉妬してみせる。皆、笑った。縁珠は、とにかく、口を動かすのが好きだった。毎晩のように、円卓を囲んで食事をしている大人たちにむかって、喋ったり、

歌ったりした。外へ連れてゆくと、いろいろな人が小さな縁珠に声をかけた。話しかけられるたびに縁珠は、ものおじすることなく、堂々と答えた。

――どこ行くの？

――ママと、おばあちゃんちに行くの。おじさんが兵隊さんから帰ってきたの。

――あら、何をおいしそうに食べているの？

――パラァ（グァバの一種）だよ！　大好きなの。とってもおいしいから。

――まあ、ママとおそろいのきれいなお洋服を着ているのね。ふたりともきれいね。

――おばあちゃんが、つくってくれたの。ママのと、あたしのと。ママとこれを着ると、パパがふたりとも可愛いって言うの。

縁珠の母が、いやだ、と顔を赤くすると、ふたりともきれいね、と言った老婆は声をあげて笑う。出会う大人、出会う大人が皆、縁珠の年齢を聞いて驚いた。まだ、小さいのにとってもじょうずに喋るねえ。遊び場で出会う同じ年頃の子どもにも、縁珠は自分から率先して話しかける。

――おままごとするの、あたしがママ。××ちゃんはお姉ちゃんで○○ちゃんはパパの役よ。

年上の子どもが仲間に入ると、

――××ちゃんは、あたしよりおっきいんだから、おじいちゃんの役をしなくちゃ、おかしいでしょ。それに、おじいちゃんは、家の中でいちばんえらいんだから、いい役なのよ。

最初はおじいちゃん役をいやがっていた男の子も、縁珠にそう言われると、そうするのがいちばんいいように思えてくるのか、おじいちゃん役を引き受けてしまう。

その縁珠が、日本では、他の子どもたちから浴びせかけられた言葉にまるで反応できないでいた。でくのぼうのようだった。飛行機雲の尻尾が、最初に見たときの倍以上伸びていた。空は澄み切った青だった。やっと泣き止んだ縁珠を腕に抱えながら、縁珠の母は知らず知らずのうちに涙ぐんでいた。

——你就是杨缘珠！

(あなたが、楊縁珠ね！)

父の連れてきた人が、自分の知っている言葉で、そう言うのを、縁珠はじっと見つめ返した。父と母が話すのとは、すこし違う。でも、確かに自分の知っている言葉だ、と縁珠は感じた。

——大家说得没错！　你真可爱！

(みんなの言っていたとおりだわ。あなたって、本当に可愛らしい！)

そのひとは、石原、という名前の女のひとだった。石原女史は、伯父の会社にいた中国語の堪能な日本人だった。石原女史の隣に立っていた父が言った。

——今日から縁珠は、このいしはらおねえさんと日本語の練習をするんだよ。

「いしはらおねえさん」という部分は、日本語だった。「いしはらおねえさん」は、それまで縁珠と遊んでくれた多くの大人たちと同じような親しみのこもった笑みを浮かべると、

――よ、ろ、し、く、ね。

と、日本語で、言った。

「いしはらおねえさん」は、週に一度、「寮」にやって来るようになった。「いしはらおねえさん」の持ってきてくれる絵本が、縁珠はいつも楽しみだった。それは、絵本、というよりは、図鑑、といったほうがよかったのかもしれない。動物の絵が、見開きで広がっている。それぞれの動物の絵の脇には、ぞう、きりん、くま、うし、うま……というひらがなの文字が添えてあった。「いしはらおねえさん」は、ひらがなの文字ではなく、絵そのものを指さす。縁珠は、得意げに声をはりあげる。

――大象！

（ぞう！）

そう、大象、日本語では、ゾウ、と、「いしはらおねえさん」は、ひとつひとつを「日本語訳」して言ってくれる。

――ゾウ？

――そう、ゾウ！

「いしはらおねえさん」は、自分の口を指さす。ゾ、ウ、と言うときの、「いしはらおねえさん」の唇の動きを、縁珠は真似する。ゾ、ウ。兎子は、ウ、サ、ギ。猫は、ネ、コ。本にあったのは、動物の絵だけではなかった。お菓子の頁もあったし、乗り物の頁もあった。公園の頁もある。一枚、また、一枚と、「いしはらおねえさん」は、おなじように、ひとつひとつのものを指さしながら、それが日本語でどう言うのかを、教えていってくれた。そのうち、絵を見たとたん、直接、日本語で言えるようになってきた。「いしはらおねえさん」が訊ねるより早く、ぞう！　きりん！　くま！　うし！　うま！　……縁珠は、絵をひとつひとつ指さしながら、日本語で叫んだ。

——縁珠ちゃん、覚えがすごく早いわ。感心しちゃう。子どもってすごいわね。

「いしはらおねえさん」が、縁珠の母の淹れたお茶を啜りながら中国語でそう言うと、縁珠の母も中国語で、

——縁珠はもともと、口ばかり達者なのよ。

わざと眉をひそめながら、笑った。それから思いついて、ついこのあいだ縁珠の手を引いて散歩したら、飼い犬を連れて歩く人とすれ違った。縁珠が、その犬をここぞとばかりに指さして、

——いぬ！

と、日本語で得意げに叫んだものだから、飼い主の手前、恥ずかしくてしょうがなかった、と話した。「いしはらおねえさん」は大声をあげて笑った。その翌週から「いしはらおねえさん」は、縁珠にひらがなを教えはじめた。

——あ、い、う、え、お。か、き、く、け、こ……

「いしはらおねえさん」は、ひらがな五十音表をテーブルのうえに大きく広げると、右端から順番に指さしながら、大きな声ではっきりと口にした。

――あ、い、う、え、お。か、き、く、け、こ……

縁珠は、色とりどりのひらがな五十音表に、一目で魅せられた。あ、という字の欄には、あり、の絵が描いてある。い、は、いぬ、の絵だった。「いしはらおねえさん」の声が、五十音表を興味深くのぞきこむ縁珠の肩越しから響く。

――あ、い、う、え、お。ほら、縁珠ちゃんの好きな「いぬ」の「い」。

台湾にいるときは、まだ、文字を知らなかった。「いしはらおねえさん」の広げてくれた五十音表によって、縁珠は、文字、というものの存在を知った。口で言ったことが文字となり、書いた文字を見れば同じ音を口で言いなおせるというのに、縁珠は昂奮した。新しく与えられた玩具《おもちゃ》の遊び甲斐を発見したときのような昂奮だった。

――みかん、りんご、あか……

「いしはらおねえさん」のいないときも、縁珠は、画用紙にクレヨンで覚えたひらがなを書き付けて遊んだ。書きながら、書いた文字を、声に出して呟くのが楽しかった。あるとき、「いしはらおねえさん」が、画用紙いっぱいに、縁珠がいちばん好きな朱色のクレヨンで、

――ようえんじゅ

と、書いた。

——你猜这是什么意思?

(これ、なんだと思う?)

——よ、う、え、ん、じゅ……?

朱色の文字をたどたどしく読み終えてから、縁珠は「いしはらおねえさん」を不思議そうに見あげた。重大な秘密を打ち明けるように、「いしはらおねえさん」は囁いた。

——你的名字。

(あなたの名前。)

——我的名字?

(わたしの名前?)

——是啊,你的名字。

(そう、あなたの名前。)

縁珠の父が、彼の妻と幼い娘を初めて日本に呼び寄せてから、まもなく一年が経とうとしていた。縁珠と母は、三ヶ月期限の観光ビザを既に三回、更新していた。縁珠は、四歳半になっていた。もうじき、幼稚園である。縁珠の父は、自分の日本滞在が本格的に長期化するのを確信し、縁珠を、「ようえんじゅ」として、日本の幼稚園に通わせることを計画し始めていた。「いしはらおねえさん」に、「えんじゅ」という日本語を教わった頃から、縁珠の両親も、縁珠のことを、Yuán zhū、ではなく、えんじゅ、と呼びだした。それから半年も経たぬうちに、縁珠を、えんじゅ、と呼ぶ人は一気に増えた。「いしはらおねえさん」に付き合ってもらって購入した幼稚園指定の紺色のスモックを縁珠に羽織らせると、母は、縁珠の左胸のところにチューリップの形をしたバッジを留める。チューリップの中には、「ようえんじゅ」と書かれた名札が入っていた。その頃には縁珠も、もう、歩くのがおぼつかないということはなかった。日本語も、従兄や、同じ年頃の台湾の子どもを言い負かすときの中国語ほどではなかったが、公園で突き飛ばされて尻餅をついたときのように、まったく分からないわけでもなくなった。幼稚園では、えんじゅちゃん、と呼ばれた。小学校にあがると、えんじゅちゃん、と呼ぶ人はもっと多くなった。えんじゅちゃん、えんじゅちゃん、と呼ばれているうちに、ようえんじゅ、は縁珠の身になじんだ。そして、ようえんじゅ、が身になじんでくるのにつれ、Yáng Yuánzhū は、縁珠から遠ざかっていった。

——好，我們從現在開始說國語！

ときおり、冗談めかして父がそう言うことがあった。

——さあ、今から中国語を喋ろう。

ということを意味する父の中国語に、縁珠は頷かなかった。その頃には、父や母に、中国語で話しかけられても、日本語で返事をするようになっていた。

——石原女史も感心していたよ。

父が、中国語で、母に言う。

——縁珠の日本語、今じゃ、日本人の同年代の子どもとほとんど変わらないと。

そうみたいね、と母も中国語で応える。ようえんじゅ、という名札を初めてつけた幼稚園の頃から、担任の先生が替わるたび、母は、縁珠の先生にむかって熱心に質問をした。日本の教師たちは、母の日本語がどれほどたどたどしくとも、皆、辛抱強く耳を傾けてくれた。母が知りたいことは、つまりこうだった。うちの娘は、ちゃんとついていけていますか？　他の、普通の日本人の子どもたちに比べて、何かがうまくできない、とか、よく分かっていない、なんてことはないですか？　あらかたの教師は、心配するほどではないですよ、と言って母を励ました。

——お嬢さんは、ちゃんとやれていますよ。それに、実を言うと僕は、縁珠ちゃんが外国人であることをいつも忘れてしまっているんです。

そう言ったのは、五人目の教師だった。縁珠は、小学校三年生、九歳になっていた。

——さあ、今から「中国語」を話そうか？

父が、日本語しか話さなくなっている縁珠を、からかうようにわざとそう言っても、縁珠は自分からは中国語を喋ろうとしなかった。家族が日本で暮らすようになってから、六年が過ぎていた。縁珠にとっては、台湾にいた時間よりも、日本にいる時間のほうが長くなっていた。とはいえ、生まれたときから三年あまり、ひっきりなしに耳にしてきた言葉を、九歳の縁珠は、完全に忘れてしまったわけではなかった。喋ろうと思えば、中国語も台湾語も、喋ることができた。台湾では、いとこたちとはいつも、中国語や台湾語で遊んだ。いとこたちは日本語を一言も知らないのだから、あたりまえにそうなった。だけれど、日本で、父や母にむかって、日本語以外の言葉を口にするのは、どうしてだかこそばゆかった。中国語を話そうか、などと改めて言われると、かえって一言も出てこなくなる。

——やだよ、そんなの。

縁珠は早口の日本語で、父の改まった中国語を押しのける。そんな縁珠のことを父と母は、

——ほらほら、もう、すっかり日本人だ。

台湾語でからかう。それから、日本にいる時間が一年さらにまた一年と長くなってゆくうちに、両親が縁珠に中国語や台湾語を話すよう仕向けることも少なくなった。縁珠が、自分から日本語でない言葉を話すことも、もちろん、なかった。とうとう縁珠は、日本語以外、何も喋ることができなくなってしまった。

——Shí yuán……

と、その中国帰りの日本人が発音したとき、縁珠は、遠い昔に聞いた音が、とつじょ蘇った心地だった。石原という姓を「Shí yuán」と「中国語訳」された男子学生が、「シー、ユアン……」と教師の発音をぎごちなく真似した。わるくない、と教師が言うと、石原という名の学生の表情がほっと緩む。縁珠は、「いしはらおねえさん」のことを、父や母がShí yuánと呼んでいたと思い、「石」という字と「原」という字が、中国語では「shí」であり「yuán」であるという

ことを、自分が一度も意識したことがなかったのに静かな驚きを覚えた。高校三年生だった。選択科目の中に「中国語入門」があった。中国語を、習ってみようと初めて思った。照れくさくて、父と母には内緒にしていた。

11

「わたしの、おかあさん、よ」

母、というには妙に仰々しいと思った。かといって、普段、母を呼ぶときに遣う、ママ、というのは気が引けた。縁珠の、そのかすかなためらいに、当の母はもちろん、麦生もまったく気づかなかった。

「はじめまして……」

は、という瞬間、声が掠れていた。が、すぐに麦生は、

「田中と言います」

名を名乗って、深々と頭を下げた。縁珠の母は、微笑を浮かべたまま軽く頷くと、

「田中くんね、いらっしゃい」

と、言った。母に促され、麦生は居間へとむかうために、おずおずと歩き出す。縁珠は麦生の緊張している背中と、想像以上に堂々とした態度の母をみやりながら、ふたりのあとをつい

てゆく。一家が、六畳二間の「寮」から3LDKのこのマンションに引っ越してきたのは、縁珠が中学を卒業する年だった。その頃から、父が東京を離れることが多くなっていた。だが父は、日本の高校に進学しようとしている娘が、これからも日本に住み続けるであろうことを確信し、その家の購入を決めた。はたして、縁珠は日本の高校に進学した。新しい家に住むようになってから、友だち、それも、男の友だち、を、縁珠が招くのは初めてだった。

——おかあさん、が、ごはんでも食べに来ないかって……

縁珠が言うと、麦生は、

——いいの?

心底驚いたように言うので、縁珠は笑った。

——いやなの?

麦生は大げさに首を振った。

いやじゃない、いやじゃないよ、いやじゃないに決まってる、でも、キンチョーするなぁ……。

いつもの破れたジーンズと履き古したスニーカーではなく、どこにしまってあったのか綿素材のスラックスに焦げ茶色のローファーを履いてきた麦生は、背中をいつものようにはまるめず、姿勢を正して縁珠の家の居間のソファーに座っていた。麦生の、誰の目から見てもあきらかに緊張しているそんな様子がかえって母に麦生を好ましく思わせているようだ、と、縁珠はひとごとのように思った。母が運んできた透明のポットのなかでフワリとひろがっているのはジャスミンの茶の葉だった。この台湾茶を、母は特別な来客のときにしか淹れない。

「田中くんは……」

縁珠の母が口をひらくと、ジャスミンの花の匂いが湯からたちのぼるのを眺めていた麦生が、母のほうへと生真面目に顔をむける。

「今年、いくつですか?」

母は、ちゃんとした日本語で、麦生に質問した。

「今、はたち、です」

「はたち?」

「はい、はたち、です」

縁珠は一瞬、母が、はたち、という日本語を知っているかどうか、不安になった。が、母は、すぐにいたずらっぽく言った。

「それじゃあ、縁珠の、二個上、ね」

にこうえ。母がそんな日本語を知っていたことに、縁珠は少なからず驚く。麦生が姿勢を正したまま、

「そうです、二個上、です」

と、母の日本語を復唱したので、縁珠は思わず吹き出した。麦生は、ばつが悪そうに縁珠のほうを見る。縁珠の母が笑いながら励ました。

「そんな、緊張しないで。りらっくす、りらっくす」

麦生の表情が、ほんの少しだけ和らぐ。縁珠は、りらっくす、りらっくす、と麦生に言う母の羽織っている橙色のカーディガンが、見たことのない新しいものであることに、気がついた。橙色は、色白の母の肌を、ひときわ明るくする。母によく似合う色だった。初めて、娘のボーイフレンドと会うので、母もまた、母なりの気合をいれているのだろうか……縁珠は、どことなくそわそわとした。

「うちのパパは……」

母は、それしか呼びようがないかのように、縁珠の父親のことを、パパ、と麦生に言う。

「うちのパパは、このごろとっても忙しくって、日本にいることが少ないの」

母の話すことに、麦生はいちいち声を出して相槌《あいづち》を打っていた。母の話すことときたら、どれもこれも、たいした内容ではない。田中くんのお母さんは何歳なの、とか、兄弟はいるの、とか、みんな東京にいるならお母さんはさみしいんでしょうね、というような……麦生は母に何か訊ねられるたび、律儀に答えていく。母は自分から訊いておいて、麦生が答えると、そう、と間の抜けたような反応しかしない。麦生も、もっと聞き流せばいいのに……と縁珠は思う。母が日本語だけで話そうと努めているのが分かる分、余計にそう思った。

「えんじゅもね、このごろは忙しい忙しいって、帰りが遅い。わたし、いつも、ひとりになる……」

ポットの中のジャスミンの葉がすっかりひらききっていた。母の日本語が、もつれてきている。麦生は、相変わらず呆けたように、頷いている。縁珠は少々苛立ちながら、口を挟んだ。

「ママ、そろそろ、お湯を沸かしたら?」

口にした途端、お湯を沸かしたら、ではなく、お湯の用意をしたら、と、いつもの言い方で言えばよかったと後悔した。しかし、母は、意味がちゃんと分かったようで、そうね、とおおらかに答える。

「田中くん、おなか空いた?……そろそろ、ギョウザの準備をしてもいい?」

麦生が、頷かないはずがなかった。母が台所に立つと、麦生はちょっと照れながら縁珠を見やった。縁珠は、

「うちのおかあさんのギョーザは最高においしいんだからね。楽しみにしてよね」

明るい声をつくって言う。麦生は、不思議そうな表情をする。なあに? と縁珠が訊ねると、麦生は笑って、

「なんだか、芝居の科白《せりふ》みたいだなあって思って……」

と言う。芝居ではなかった。うんと大昔から、縁珠にとってこの世で一番のご馳走といえば、母のつくるギョーザのことだった。豚の挽き肉と細かく刻んだキャベツをこねて、皮にくるむという、ごく簡単な餃子である。母は、何か祝い事があったり、親戚がたずねてきたりすると、この餃子をたっぷりつくって、もてなした。縁珠が小さいときには、キャベツと挽き肉を混ぜ

合わせるところまでを母がひとりでやったあと、ボールのなかのそれをこねて、ひとつひとつ皮で包むという作業を、父が手伝うこともあった。パパは乱雑に包むから茹でるとき具が湯にこぼれだして困る、と嘆きながらも母は楽しそうだった。縁珠も手伝った。指を、皮の粉まみれにしながら母がするのを真似るのだが、母のように、スカートの襞《ひだ》のような、きれいな形にはなかなかならない。その日、縁珠は久しぶりに、母と椅子を並べて具を皮に包むのを手伝った。いま、母が湯の沸いた鍋の中に次々と放り込んで茹でているうちのいくつかは、縁珠が包んだものだった。日本ではギョーザといえば焼いたものを思い浮かべる人が多いと思うけどわたしはギョーザと言われたら真っ先に水餃子を思い出すの……と縁珠は言い、そういえば麦生が初めて声を掛けてきたとき、自分は餃子を食べていた、と思い出す。あの店の餃子もおいしかった。できたできた、と鍋つかみを嵌《は》めた両手で大皿を抱えた母が戻ってくる。麦生が顔をほころばせる。醤油と酢とラー油を、縁珠は麦生のために少量ずつ混ぜ合わせる。最後に一滴垂らした胡麻だれの香味が、麦生の食欲を大いにそそった。湯気がもうもうとたっている大皿の中には、いま、茹で上がったばかりのふくよかな水餃子が、たっぷりとつまっていた。フウフウしてね、と母は言う。母の発音したフウフウが、日本語というよりも、フウフウ、という同じことを意味する台湾語であるのに縁珠は、しまった、と思うが、麦生にはちゃんと日本語のフウフウと聞こえたらしく、れんげで掬《すく》った餃子にフウフウと息を吹きかける。フウフウののち、麦生は、一口で食べてしまった。麦生がモグモグと口を動かすのを、縁珠と縁珠の母が

見守る。ゴクン。麦生は飲み込む。それから、

「おいしいです！」

びっくりするほどの、大声だった。縁珠と母は顔を見合わせる。それからすぐに、大げさな、と縁珠は吹き出し、母は、あらよかった、と笑みを浮かべた。麦生は、興奮気味に続ける。

「お世辞じゃなくて、すごく、美味しいですよ、このギョーザ！」

母が、チラと縁珠を見る。どう答えたらいいか考えあぐねている、といったような微笑を浮かべて。そんな母からさっさと目を逸らすと縁珠は、麦生の反応がよいことに内心ホッとしながら、自分も湯気をたてている餃子に箸をつけようと身を乗り出す。そのときだった。これ以上の好機はない、とでも言わんばかりに麦生が口を開いた。

「这个饺子非常好吃」

（このギョーザはとてもおいしい）

縁珠も、縁珠の母も、一瞬、動きが止まった。そんな母娘の反応は最初から予想していたように、麦生はゆっくりと同じ言葉を繰り返した。

「这个饺子非常好吃」

茹でたての水餃子の皿から立ちのぼる湯気を挟んで、縁珠と麦生の顔はあった。見慣れたはずの麦生の唇が、湯気にかすんで、まったく未知のものに思えた。

母が戸惑っているのが、縁珠にはよくわかった。だけども、母と目を合わせることができな

かった。しかたなく母は麦生にむかって、ゆっくりと口を開いた。

「我真沒想到你會說國語」

（あなたが中国語を喋るだなんて、ちっとも思わなかった）

縁珠は、母が中国語で麦生に話しかけるのを呆然としながら聞いた。

「请慢点儿说」

（もう少し、ゆっくり話してください）

そのすぐあと、麦生が母に言った中国語には、聞き覚えがあった。それは、あの大陸帰りの日本人教師……大林の授業で使っていた教科書に載っていたフレーズだった。麦生が教科書で太字になっていた中国語を言い終えると、母は、先ほどよりもずっと、ゆっくりと言う。

「你會說國語嗎？」

（あなたは、中国語が話せるのですか？）

国語？　麦生の頭の中で、その箇所のみ、異物のように意味がとれなかった……数秒遅れて、閃《ひらめ》いた。自分に、ほんものの中国語で話しかけてくれた、縁珠の母親にむかって、麦生は照れくさそうに、だが少々の誇らしさも隠し切れないといった調子で、

「会，会一点儿」

（ええ、少し、話せます）

12

おなかが、空いていた。朝、パンを一切れ食べたっきり、何も食べていなかった。夕食までは、まだ間があった。どこかに入ろう、と思ったとき、中華風の提灯が見えた。すぐ脇に、「福州家庭菜」という看板があった。縁珠はちょっとためらったあと、「福州家庭菜」の扉を押した。なつかしい匂いがした。イラッシャイマセ、という声が響く。入ってきた縁珠を、テーブル席でラーメンを啜っていた中年の男が珍しそうに見あげる。隣のテーブルの夫婦も、縁珠のほうを揃って見やった。一人です、と縁珠が小さな声で告げると、無愛想な若い男の店員はカウンター席のほうを示す。縁珠はおずおずとそちらへむかう。一番奥の席に腰をおろすと、すぐに料理名の名が記された札が壁にびっしりと貼ってあるのに気づく。レバニラ炒め、焼きそば、酢豚、チャーハン、豚の角煮、等といった文字はどれも手書きで、お世辞にも上手な字とはいえなかった。特に、カタカナが読みづらかった。縁珠は目を細めて、左端から順番に札の文字を読み解いてゆく。そして、水ギョーザ、と書かれた札を見つけた。水ギョーザ、の横には、水饺、とあった。よく見たら、どの札も、日本語の文字の横に中国語が添えてある。縁珠は、両肘をカウンターの上にのせた。カウンターは、拭きたてだったのかうっすらと水気があった。そのとき初めて、手書き——壁に貼られた札と同じ人物が書いたと思われる字だった

——のメニューが、カウンターにもあったのに気づいた。麺類、飯類、炒め物、飲料……とこちらは種類ごとに料理の品名が書いてあるのだが、文字は、あいかわらず読みづらかった。メニューの端に、水ギョーザ、水饺とあるのをまた、見つける。さっきの若い店員が、水と、ビニールに入った黄色いお絞りを縁珠の前に置いた。

——水饺一个。

中国語で言ってみようかと一瞬、思う。が、やはり、

——水ギョーザをひとつください。

日本語で、注文した。店員は、ハイ、と低い声で頷き、すぐに、水饺一个、と、縁珠が言おうとして呑み込んだ中国語を奥にむかって怒鳴った。おなかが減っていた。それよりも、喉が渇いていた。縁珠はコップの水をぐいっと飲んだ。それから息をつき、ポケットからヘアピンをとりだして長い髪を頭のうえに束ねる。急に、首筋が涼しくなる。半端な時刻だった。店の入り口の脇に据えられたテレビから、午後のワイドショウが流れていた。誰かが、離婚したらしい。コメンテーターたちが、その誰かの離婚について熱っぽく意見している。テレビから騒々しい音がめくるめく流れ出てくるのとは対照的に、店内は、シン、としていた。ラーメンを食べ終えたらしい中年の男は、半分眠っているような顔でテーブルにひろげた新聞を眺めていたし、隣のテーブルの夫婦は無言でそれぞれ箸を動かしていた。例の若い男の店員は入り口の脇の壁に背をもたせかけながら、テレビを見あげている。

――彼は、聞き取っているのだろうか？

緑珠は、ふいに思った。あの、洪水のような日本語……彼にとっての、外国語を。ちゃんとみんな、聞き取れているのだろうか。喉が渇く。コップはもう、空だった。四時になりました、と告げるテレビからの日本語をちょうど遮るように、水餃子一丁出来上がり、という意味の中国語が奥から響いた。はい、とも、おう、ともつかぬ中国語を叫ぶと若い男は、水餃子の碗を受け取る。碗を運んできた男と、緑珠の目が合う。逸らす。逸らしたのは、緑珠が先ではなかった。緑珠の前にお碗が置かれる。男は口を利かない。緑珠も口を利かない。首筋がざわめく。男が、緑珠のそこを盗み見た。見た、とは言えぬほど、ほんの刹那《せつな》だったが、確かに見られた、と緑珠は感じた。男が入り口まで歩いてゆき、再び壁に凭《もた》れた気配を背中に感じる。少年といってもいいほど、男は若かった。緑珠は息をつき、れんげをとる。碗の中の餃子を一つ掬って、醤油と酢とラー油を混ぜ合わせた小皿に浸してから、齧《かじ》った。皮から汁が滲み、舌のうえを快くひろがってゆく。ひとつめの餃子をゆっくりと味わうように食べ終えてから、緑珠は自分が空腹だったのを急に思い出したように、ふたつめ以降の餃子を夢中になって食べ始めた。

「福州家庭菜」の餃子が、母がつくる餃子の次に、緑珠は好きだった。

緑珠の家から出てひとつめの角を曲がったとたん、待ち構えたように胸元のポケットをまさぐると麦生は、煙草とライターを出した。口に咥えるのももどかしく火を点けた麦生にかまわず、緑珠は黙って歩き続ける。半日禁煙したあとの最初の一本を深々と吸ってから、

「ああ、緊張した……」

明るい声で、麦生は言った。縁珠は、応えなかった。

「……でも、楽しかった」

麦生は、素直だった。麦生は、縁珠の反応がないことを特に不思議がらず、緊張に充ちた一日が無事に終わったことの解放感に素直に身を浸していた。

「楽しかったよ」

麦生が、繰り返した。心底、そう思っているであろう口調が、かえって縁珠の気を沈ませた。返事が返ってこないので、麦生はやっと縁珠のほうを見た。縁珠は歩みの速度を緩めなかった。麦生の吐き出した煙が、ふたりの後ろへと泳ぐように流れてゆく。

――また、来てね。

玄関先で母は言った。マタ、キテネ。そう言った縁珠の母に、おじゃましました、と言い掛けて麦生は、突然、閃いたのか言い直した。

――见到你很高兴。

（あなたに会えて、うれしかったです）

母と麦生の間に立っていた縁珠は、再び身をかたくする。その中国語も、教科書にあったフレーズだった。母はもう、麦生が中国語を喋り出しても驚かなかった。むしろ、一文字ずつ丹念に発音したその中国語をどことなく面白がっている気配があった。それで母は、マタキテネ、

と繰り返す代わりに、

――有機會再來我們家玩。

(機会があったら、また遊びに来てください)

麦生の発音よりも、「zhī chī shī rì」の音が軽い、ほんものの中国語で、麦生に言う。母の中国語を聞き取った麦生は、嬉しそうに答えた。

――谢谢!

口の両端を思い切り引っ張ったような、シェーシェ、だった。

日はとうに暮れていた。地面がかすかに湿っていた。縁珠は、自分の習い覚えた中国語が通用した、という麦生の充実感を、極力、無視したかった。

「そうだ」

突然、麦生が立ち止まった。つられて、縁珠も立ち止まる。暗がりのなかで、麦生がにっと笑う。吸いさしを左手に持ち替えてから、右手で胸の内ポケットをまさぐり始める。

「さっき、こっち来る前に寄ってきたんだ……出来立てだよ」

麦生が引っ張り出そうとしているものを、縁珠は見あげる。次の瞬間、血の気が引いた。

「ほら……」

麦生が、紺色の冊子を開き、縁珠の前にかざして見せる。街灯の白い明かりの中で、麦生の顔写真が浮かんでみえた。身体が震えだすのを、縁珠は感じた。日本のパスポートを手にした麦生が、屈託なく笑うのが見えた。

——何が面白いのよ。

吉川舞は言った。

——あたしのパスポートの、何が、面白いのよ。

縁珠が、吉川舞からそれを受け取ったとき、彼女は苦笑いを浮かべてそう言った。生まれて初めて触らせてもらった、他人のパスポート。日本の、パスポート。軽い。縁珠の手の中でそれは、ただの冊子以上のなにものでもなかった。持ち主の吉川舞は、英語がよくできた。とくに発音が、perfect、だと、ネイティブの英語教師によく褒められていた。

——だってあたしは、五歳までロサンゼルスにいたのよ。

当然のように、競争率の高い交換留学生の権利を勝ち取ると彼女は、周囲に羨望されながらサンフランシスコへと旅立った。

——ふつうのアメリカ人……

という声が、記憶の底から蘇ってくる。

——実は、最初のホームステイ先は、ちゃんとしたお家じゃなかった。すごく訛《なま》りのある英語で、ぜんぜん聞き取れなくて……

一年半経って戻ってくると、皆に囲まれながら吉川舞は言った。

——だからあたし、学校にお願いしたの。（英語で？）そりゃ、そうよ。英語しか通じないんだから。（すごい！）自分でお願いしたのよ、ちゃんとしたお家に、引越しさせてくださいって。中国人ではなくて、ふつうのアメリカ人のいるお家に行かせてくださいって……

軽い。あのとき、自分のものではないパスポートを見てみたいと思ったので、見せて欲しい、と縁珠は吉川舞に頼んだ。別にいいけど、と吉川舞は言い、鞄の中から無造作に取り出した自分のパスポートを縁珠に渡した。縁珠は驚いた。吉川舞のパスポートの扱い方はあまりに軽いと思った。その吉川舞が、サンフランシスコから帰ってきたとき、皆に言った。

――次に行った家は、ふつうのアメリカ人のところだったから、ちゃんとしていたし、とっても楽しかった。何より、英語が通じるしね。最初のステイ先の中国人たちの訛りときたら、本当にひどかった……あんなの、英語じゃない。

写真の中で、麦生は真面目な顔をしていた。その写真が、パスポートの写真になると知っているからこその、格式ばった顔つき。写真の横には、TANAKA DAISUKE、と彼の姓名を示すローマ字が印字されてあった。すぐ下の国籍欄には、

――JAPAN
と、ある。田中大祐、という手書きの文字が、右下にあるのも、見えた。彼女と、同じだ。吉川舞と、同じ。今、麦生が、自分の前にかざしているものは、吉川舞が持っていたのとおなじ、日本のパスポートだった。

「ほら、一番に見たいって言っていたから……」

麦生の声は、無邪気だった。血が、ふつふつと沸き立つのを縁珠は感じた。手を、上げた。震えていた。震える手で縁珠は、パスポートをかざしている麦生の手を思い切りはたいた。麦生の真新しいパスポートが、音を立てながら、街灯の灯が届かぬ道の脇にまで転がっていく。何が起きたのか分からず唖然としている麦生にむかって、縁珠は声を震わせながら叫んだ。

「日本人のくせに……」

腹の底から、火の塊がつきあがる。

「日本人のくせに、どうして中国語を喋るの？」

13

旅立ちの日は、刻一刻と近づきつつあった。事務的な手続きはほとんど済ませてある。他にしたいことがなかったので、時間さえあれば中国語の勉強をした。そうでもしていないと余計なことばかり考えてしまうからだった。部屋はガランとした。荷物の大半を、実家に送っておいた。留守の間、部屋は友人に貸す予定だった。二日ほど前、その友人から電話があった。

——おまえ大丈夫か？　もう一ヶ月だろ。いいかげん忘れろよ、彼女のことは。

彼は自嘲するように笑った。それから、ほっといてくれ、受話器にむかって呟く。相手は彼にかまうことなく、

——北京で、もっといい子と出会えるさ。

励ましているつもりなのか、明るい声で断言するのだった。彼が黙っていると、まあ俺はいつでもかまわないからおまえの気が済むまでいるといいよ、それこそ出発前日までだってさ、と友人は奇妙に優しい声で言う。

もっといい子か……と彼は呟く。当初の予定では、北京に発つ一ヶ月ほど前には実家に戻り、部屋を友人に明け渡すつもりだった。出発日まで一ヶ月ない今も、このがらんとした部屋にい続けているのは、甘い期待を捨てきれないからだ。ある日突然、彼女がふらりとやってくるかもしれない。呼び鈴が鳴りドアを開くと、彼女が立っている。彼が呆然としていると、はにかんでいる彼女がなにもなかったように彼の名を呼びかけ、中に入ってもいいかしら、と言う。もう一ヶ月だろ、という友人の声が蘇る。彼は溜息をつくと、あお向けに倒れこんだ。彼女はあの夜、彼のパスポートをはたき落として以来、ぷっつりと消えた。電話も通じなくなった。まったく夢幻であったかのように、突然、跡形もなく消えてしまったのだ。机の上の辞典が、風でぱらぱたと捲れている。彼は、のろのろと起き上がり辞典を閉じる。中日辞典、という文字が胸を刺す。

——日本人のくせに、どうして中国語を喋るの?

彼は大急ぎで首を振った。いたたまれずに立ち上がった。自分でも感傷的な行為であるとは思ったが、そこに行こう、と決意した。

「営業中」であるのを確かめて、彼は「福州家庭菜」の扉を押し開く。イラッシャイマセ、というぶっきらぼうな日本語が彼を迎えた。半端な時刻であるせいか店内には客が一人もいなかった。カウンターのほうをちらっと見るが、若い男の店員が奥のテーブルの席に水とおしぼりを置くので彼は自分にあてがわれたその席へとむかう。メニューを見る必要はなかった。彼は、向こうに行きかけた店員を呼び止めていった。

「水ギョーザ、ひとつ」

店員は無言でうなずき、カウンターの奥にむかって、水饺一个、と怒鳴る。いや、怒鳴るように聞こえるがふつうに言っただけなのだ。おしぼりをゆっくりと広げ、手を拭く。冷たさが心地よかった。外は暑かった。夏が間近に迫っていた。ふと、入り口に背を凭せ掛けていたさきほどの店員と目が合う。店はしん、としていた。彼は思わずうつむく。次に顔をあげると、店員は彼に背をむけていた。心なしかほっとして、彼はコップを手に取った。氷がカチリと歯にあたる。水はよく冷えていた。一気に飲み干すとどうしてそんな勢いがついたのか自分でもわからないうちに、

「给我一杯水」

(お水を一杯ください)

しんとした店に、彼の中国語が響いた。例の店員は、一瞬、戸惑ったような様子で彼を見た。彼は繰り返した。

「给我一杯水」

（お水を一杯ください）

ひょっとしたら発音が正確ではないのかもしれないと彼は不安になった。ところが、店員は一度カウンターの反対側にまわると水の入ったポット片手に彼のほうへと歩み寄った。水を注ぐ店員がニコリともしないので、自分の中国語が彼に通じたのかどうか不安だった。水がコップから溢れそうになる。手を止めた店員を、彼は見あげた。

「你听懂我的汉语？」

（あなたは、わたしの中国語がわかりますか？）

店員が右手に抱えているポットのお尻から水滴が垂れ落ちる。奇妙な沈黙のあと、ようやく店員が口を開いた。

「你会说普通话吗？」

（きみは、中国語が喋れるのか？）

プウトンファ？　少し遅れてから、それが「普通话」であると彼は理解した。それから彼をじっと見つめている相手にむかって、

「会　会一点儿」

（少しだけなら……）

と、答えた。店員は早口でたたみかけた。

「你为什么会说普通话」

（きみはどうして中国語が話せるんだ？）

そのときカウンターの奥から、水餃子一丁上がり、という中国語が響いた。店員は彼との会話を中断し、さっと背をむける。因为（なぜならば）、と彼は文章を組み立てる。因为我在大学学习汉语了一年了……（なぜならば、大学で習っているからだ）。水餃子の碗を運んできた店員にそう言おうとするが、店員のほうでは自分が彼にした質問などとっくに忘れてしまったのか、あるいはもともと彼が何と答えるのかあまり興味がなかったのか、彼の前に碗を置くとすぐに行ってしまった。彼はなんとなく拍子抜けしたものの、目の前で湯気をたてている碗の中身が実に旨そうな香りを放つので、ひとまず腹いっぱいになろう、と気持ちを切り替える。割り箸を割っていざ餃子に口をつけようとしたとたん、例の店員がまた、ポットを片手に戻ってきて彼のコップに注いでくれた。谢谢、彼は言った。店員の表情がほんの少しだけ和らいだ。それから早口で何かを言うのだが、彼は聞き取れなかった。请慢点儿说、もっとゆっくり喋ってくれ、と言おうとするが店員は彼をさえぎるように何か付け加えると再び彼から遠ざかった。仕方なく彼は、餃子を食べ始める。

――日本ではギョーザといえば焼いたものを思い浮かべる人が多いと思うけどわたしはギョーザと言われたら真っ先に水餃子を思い出すの……

彼は次から次へと餃子を口の中へと運んでゆく。それは彼にとって、ちょうど一ヶ月ぶりの餃子だった。といっても、その前にいつ食べたのかはまったく思い出せないのだが。彼は夢中になって食べた。碗の中の餃子をたいらげてしまうと、今度はスープまで啜った。汗が出る。空になった碗を前にして、手の甲で額を拭っていると店の扉の開く音がした。イラッシャイマセ、という日本語が、彼以外に客のない店の中に響く。彼も、なにげなく入り口のほうを見て、そして、凍りついた。

縁珠だった。ノースリーブの黒いワンピースを纏った縁珠が、ゆっくり近づいてこようとしていた。急激に、喉が渇いてゆくのを彼は感じた。声が出そうにもなかった。縁珠はゆったりとした足取りで、彼のテーブル席に近づいた。縁珠が彼のテーブルまで辿りつくと、いつのまにか真新しいおしぼりと水を手にしていた例の店員がたずねる。

「アイセキ、ヨロシイ?」

彼は答えなかった。縁珠が店員にむかって頷く。それから、

「水ギョーザをひとつ、ください」

日本語で言った。ハイ、と日本語で答えると店員は盗み見るように彼と縁珠とをチラッと見やった。

「座ったら……」

声が、やっと言葉になったと思ったら、しゃがれていた。縁珠は軽く頷くと、彼の向かいの席の椅子を引いた。

「痩せたのね」

低く、柔らかな声だった。縁珠が座るのを待ち構えていた店員は、おしぼりと水を縁珠の前にすばやく置くと、

「水饺一个!」

と、叫んだ。奥のほうから野太い声がまた返ってくる。店内がにわかに静かになる。喉元をさすりながら彼は声を絞り出す。

「髪、切ったんだ……」

縁珠の、ラプンツェルの真似だといっていた長い髪はバッサリと切られていて、うんと短くなっていた。

「出家しようと思って」

「え?」

縁珠は身体を揺らして静かに笑った。縁珠の身体は前よりもふっくらと肉付いて見えた。彼がようやく勢いづいて、

「出家って……」

と言い掛けると、嘘よ、縁珠は彼をやわらかく遮った。

「台北の床屋で想像以上に切られちゃって。だったらいっそ、ベリーショートにしちゃおうって思ったの」

台北? 彼は訊き返した。

「台北って……台湾に行っていたの?」

縁珠は、唇を軽く嚙み締めると頷いた。一ヶ月も? 彼が続けて訊ねると、そう、と縁珠は短く答えた。彼は、眩暈がしそうになる。縁珠は目を伏せ、それから、右の耳朶を指でつまんだ。

「耳……」

「え?」

「髪を切ってから、気がつくと耳ばかり触っているの」

縁珠は、顔をあげた。彼は、縁珠の薄い耳朶を見た。銀色のピアスが光っていた。いつ穴をあけたのだろうか……彼が思っていると、水餃子一丁出来上がり、という中国語が響いた。湯気のたつ碗を前に、縁珠の表情はほころんだ。

「おなかすいちゃった」

彼は、縁珠を見つめた。縁珠は彼を見つめ返した。

「髪を束ねなくっていいって楽チンね」

満面の笑みを浮かべて、れんげで掬った水餃子に息をフウッと吹きかけた。それから、紅を引いたように血色のいい唇を動かして、いましがた、彼がそうしていたのと同じように、碗の中の餃子を味わいはじめる。彼は、喉の渇きを突然思い出す。それで店員を呼んだ。ふと、来一瓶啤酒、と中国語で言ってみたいと思ったが、こらえた。

「ビールをください」

彼はそっと縁珠を見るが、縁珠は餃子に夢中だった。すぐに店員がビールを運んでくる。ビールはよく冷えていた。急激に喉が潤ってゆく。縁珠がくしゃみをした。続けて、二度。

「寒いの?」

彼は訊ねた。

「少し」

縁珠は、ちょっと笑った。冷房からの冷気が直撃するようだった。

「日本も、もう夏なのね」

「台湾は、暑かった?」

ほとんど反射的に、彼は訊いた。暑かった……縁珠は、今、暑いかのように眉をひそめる。すごく、暑かった。纏わりつく風。水分を含んだ重苦しいほどの、風。あいだをとおりぬけるときは、甘い匂いが水滴になって肌を打つ。彼が、縁珠を見つめていた。縁珠は、言う。

「お葬式だったの」

彼が、自分を見つめている。紙ナプキンで唇を拭うと、縁珠は続けた。

「祖父……母方の祖父の」

それで喪に服しているのだと言った。この黒いワンピースはそのため、と笑う。それきり、縁珠の、柔らかく低い声は途切れてしまう。

「福州家庭菜」を一歩出ると、雨の気配を含んだ風が肌を撫でた。雨というよりは台風の気配だった。縁珠は、空を仰ぎながら目を細めた。それからゆっくりと、後ろを振り返る。彼が、ぎごちない笑みを浮かべていた。

「あのお店、よく行ってたの?」

歩き出しながら、縁珠は訊いた。いや、彼は応える。

「きょう久しぶりに……二ヶ月ぶりに行ったんだ」

そう、と縁珠は短く応える。彼が、何かもの言いたげであるのを察知する。果たして、彼は言った。

「まさか、会えるとは思わなかったけれど……」

運が良かったのね、縁珠は前を向いたまま、言った。自分が、とも、彼が、とも、言わなかった。風が、縁珠の黒のワンピースの裾をふわりと揺らした。彼は頭を上げた。雲と雲の途切れ目から初夏の空が見え隠れする。

「お祖父さんのこと……」

彼が言い掛けたのとほとんど同時に、縁珠が言った。

「面白かった」

歩みをわずかに緩めて、縁珠は彼を見あげた。言い掛けた言葉を彼が呑み込むと、縁珠は可笑しくてたまらない、という調子で続けた。

「面白かったの。会う人みんな、わたしのことを日本人みたいだと言うのよ」

彼は黙った。

「伯父や、叔母。いとこたちや、その友だち。台湾では、誰と会っても必ず、日本人みたいだって言われる。誰と会ってもよ」

ひどく機嫌がよさそうに言うので、人によっては縁珠がそのことを喜んでいるように思うかもしれない、と彼は思った。

「ちょうど一ヶ月か」

縁珠は、月を指した。彼は思わず、縁珠の指が示すほうを見あげた。流れる雲と雲のあいだに、白い半月が浮かんでいた。

「いけない」

急いで指を引っ込めながら、

「月を指でさしたら目が見えなくなっちゃう」

ちょうど一ヶ月。彼は、白い半月と、縁珠とを、見比べる。

「飛行機のなかで見たの、月。あのぐらいの半月だった」

祖父が倒れた、と連絡を受けた翌日、飛行機に乗った。母は始終無言で、目を赤く腫らしていた。東京から台北に駆けつけた縁珠と母は、上海からおなじように駆けつけてきた縁珠の父と、台北の病院で数日ぶりの再会をした。

――おとうさん！

臨終の祖父にむかって、母はそう叫んだ。

――おとうさん、行かないで。死なないで、おとうさん！

母は、叫んでいた。三種類の言葉が、切れ切れに重なり合って、病室に響く。縁珠は立ち尽くしていた。おじいちゃん。喉の裏に貼りついた日本語が、剝《は》がれなかった。おじいちゃん。

――銀蘭……

祖父が呼んだのは、祖母の名だった。ぎんらん、銀蘭。臨終の床にある男の妻、銀蘭は外国から飛んで帰ってきた娘が泣きじゃくる横で、夫の手を握る。祖父が、祖母になにごとか呟いていたが、縁珠には聞き取れなかった。祖父は逝った。ちょうどひと月前。飛行機の中で見ると、月が、かえって小さく見えるのが不思議だった。今、彼の肩越しに見える月のほうが、大きい。

「葬儀屋なんて、わたしを日本人だと最初から決め付けていたんだから……」

縁珠は、月から目を逸らした。彼は、縁珠から目を逸らさない。

――あのリップン・チャボギャアは誰だ？

日本人の女の子にはどうせ聞き取れないだろうと思っているのか、台湾にいるあいだ、縁珠の耳の脇を、その台湾語が幾度となく通り抜けていった。あの日本人の女の子……幾度めかのその響きがよぎったとき、縁珠は思い切って振り返ってみた。ふたりづれの台湾人青年が、驚いた顔で、突然振り返った縁珠を見ていた。

——わたしは、日本人じゃない。

を意味する台湾語を、知らないわけではなかった。だけど、声にならない。自分たちがたった今話題にしていた日本人の女の子と目が合ってしまったので、青年のうちの一人が思い切ったように、Hello、と言った。

——May I help you?

青年は、Hello のあと、ほとんど間をおかずに、そう言った。もう一人のほうが、いたずらっぽい笑みを浮かべながら、即座に付け加える。

——But we can't speak Japanese!

彼らが、中国語や台湾語ではなく、日本語でもなく、英語で、話しかけてきたことに、縁珠はたじろいだ。それで一言も発さず、彼らに背をむけて、逃げるように歩き出した。おかしな子だなあ、という中国語が後ろで聞こえる。追いかけてこようとはしない。きっと大学生だったのだろう。きれいで、滑らかな英語の発音だった。彼らにはわるいことをした、と縁珠は急に可笑しくなる。わたしを日本人だと思って英語で話しかけてきた人もいるのよ。そう言おうと思って縁珠が顔をあげると、彼は眩しいものと出会ったように目を細めた。空気がますます湿ってきている。雨がすぐそこに迫っているのだろう。縁珠は、彼を見つめたまま、ワンピースの裾をさすって、つまんだ。以前なら、長い髪を掻き分けていた指先だ、と彼は思う。縁珠も思う。髪の短いラプンツェルなんて、ラプンツェルじゃない。縁珠は、ワンピースをつまんでいた指で、耳朶のピアスをさする。葬式が済んでから一週間ほど経った頃、祖母が縁珠を呼んだ。祖父の吸っていた煙草の匂いがまだしみついている書斎で、祖母は朱色のリボンに束ねられていた紙の束を縁珠に差し出した。紙の束は、古い作文用紙と画用紙だった。

——おじいちゃんの引き出しにあったのよ。

低く、柔らかな声で祖母が言う。作文用紙も画用紙も、縁珠が小学生のときのものだった。画用紙には、ラプンツェルと思わしき髪の長いお姫様の絵がクレヨンで描かれていた。紙の右端には、「ようえんじゅ」というひらがなが、力強く記されている。

——あなたのものよ。持って帰りなさい。

縁珠は、唇を噛み締めた。泣き顔を、祖母に見られたくなかった。みてごらん、祖母が紙の束を捲りながら言う。

——これだった。よくおぼえている。

祖母に促されてのぞきこむ。祖母が、作文に埋まった文字を指でなぞりながら言う。

——あのひとったら、これをね、いろんなひとに読んで聞かせたのよ。

縁珠は笑った。その弾みに、目尻に溜まっていた涙が頬を伝う。祖母が指さしたのは、祖父母と一緒に年明けの花火を見に行ったときのことを書いた作文だった。三年二組十八番ようえんじゅ、とあった。

――ピェンパオって日本語でなんて言うのか分からなくて、足元で鳴らす花火みたいなもの、って書いたら、担任の先生が、バクチクのことじゃないか、って教えてもらったの。

縁珠がそう言うと、まあそうだったの、と祖母は笑い声をたてた。作文の後ろのほうには、台湾のお正月は日本よりもずっとにぎやかなんですね、楊さんとおじいさんおばあさんの楽しそうな様子がよくわかります、と赤い文字で書いてあった。縁珠に、バクチク、という日本語を教えてくれた教師の字だった。やさしい先生だった。そう思ったとき、

――えんじゅは、日本人ね。

祖母が、しみじみと言った。縁珠は、祖母の顔を見た。祖母は笑みを浮かべていた。

――おとうちゃんとおかあちゃんは台湾人でも、日本で育ったんだもの。すっかり、日本の子どもね。

祖母はそう言った。日本語で言った。それは、縁珠の両親――とりわけ母親――か話すのよりもずっと滑らかで、ちゃんとした日本語だった。

――おばあちゃんがママなら良かったのに……

自分の幼い金切り声が、急に、蘇る。縁珠は、祖母を見あげた。祖母が笑っている。母よりも、よほど上手に日本語を話す祖母が、えんじゅは日本人ね、と微笑を浮かべている。

――えんじゅのママって、ガイジンなの？

コンニチハ、と、縁珠の母が微笑みかけると、縁珠の同級生は、縁珠と縁珠の母親とを、不思議そうに見比べたあと、縁珠にだけむかって、早口の日本語でそう言った。ガイジンなの？ という日本語の意味が縁珠は一瞬、分からなかった。縁珠のそばにいた母が、

――縁珠、この子なんて言ったの？

台湾語で縁珠に訊ねた。同級生は、わけの分からない言葉を話す縁珠の母のことを物珍しそうに見あげている。縁珠は耳まで赤くなるのを感じた。同級生が行ってしまってから、

――友だちの前で、変な言葉を喋らないでよ！

母を怒鳴りつけた。驚いて黙り込んでしまった母にむかって、縁珠は続けて叫ぶ。

――どうして、ママはふつうじゃないの？ あたしも、みんなみたいに、ふ、つ、う、の、マ、マ、が欲しかった！

友だちの母親のように、変な言葉を混ぜない、ちゃんとした日本語を話すような母親が……

――おばあちゃんが、ママなら、良かったのに！

きっと……叫びながら、縁珠は思っていた。きっと、母は、すぐさま怒鳴り返すだろう。何を言うのか、と。そんな口を利いていいと思っているのか、と。台湾語で、あるいは、中国語で。ところが母は、長い、長い沈黙のあとに、

――ごめんんね。

と、言った。

――ママふつうじゃない、ごめんね。おばあちゃんみたいに、日本語じょうずじゃない。ごめんね。縁珠、ごめんね。

日本語だった。低い、とても低い声だった。眩暈がしそうになる。おばあちゃんがママなら良かったのに……

縁珠は、亡くなったばかりの夫の書斎で、孫娘と向かい合っている祖母を見つめる。銀蘭。祖父が最後に呼びかけたのは、妻の名前だった。ぎんらん。ひらがなが揺れる。朱色のリボンをほどかれた、幼いひらがなの文字が埋まった作文用紙が揺れる。ぎんらん。縁珠は思った。ぎんらん。まるで日本語。銀蘭は、夫の匂いのまだ残る書斎で、いつのまにか日本語しか話すことのできなくなった孫娘にむかって、

――えんじゅは、日本人ね。

日本語で、しみじみと呟く。台湾では、誰もが縁珠のことを日本人のようだ、と言う。おばあちゃんですら、わたしを日本人だと言う……縁珠は、唇を嚙み締めた。木々がさわさわっと揺れる。風がいっそう険しくなったようだ。縁珠はワンピースの裾を押さえながら、彼を見あげる。縁珠を見る彼の顔つきも、どことなく険しかった。むぎお。口から突いて出そうになる。

――あなたは、日本人じゃないのよ。

台湾で、縁珠にそう言ったのは、ただ一人。縁珠の母親だけだった。縁珠の父親は義父の葬儀が済むと、すぐまた上海に戻らなくてはならなかった。彼は、自分が上海に行ったあともし

ばらく台湾に残ることになる妻と娘のためにホテルの延泊を提案したが、妻はそれを断った。父が上海へ旅立つと、縁珠は母と共に、母の実家へと移った。叔母が、長年使っていない部屋だから埃っぽいけど本当に大丈夫？　と何度も確認したが、母は断固としてその部屋に泊まると言い張った。

――わたしだって、もう少し、おとうさんのそばにいたいのよ。

母がそう主張すると、祖母も叔母も、母の言い分を認めざるを得なかった。旅行鞄をさげてその部屋に入ると確かに、長いこと使われていない部屋特有の匂いがする。しかし不思議なことに縁珠は、微かなかび臭さや隅に積もっている埃っぽさが、決していやだとは思わなかった。母も、おなじように感じているらしい。叔母にむかって、大丈夫、と笑みを返している。おおよそ八畳ほどのその部屋の大半を、ひとつの大きな寝台が占めていた。マットレスとシーツはいちおう新しいものだけど、と叔母が言う。充分よ、と母が笑う。縁珠は、母よりも先に、そのマットレスのうえに腰掛けた。ミシリと音がする。寝台の頭側に、大きな窓があった。引いてみようとするが、開かない。前倒しに押すのよ、と叔母が早口で言う。縁珠が振り返る。叔母が、前倒しに押して、と一度目よりもゆっくりと言う。縁珠がそれでも分からずにいると、

――まえに、おして。

母が、叔母の中国語を日本語に訳してくれた。縁珠は、まえに、おした。窓はあっけなく開いた。

――壁しか見えないけどね。

叔母が苦笑しながら中国語で言っているのを背中で聞く。確かに、隣の家の壁が目の前に立ちはだかっていて、何も見えなかった。叔母の中国語が続く。

――えんじゅちゃん、ずいぶん背が伸びたわね。

えんじゅちゃん、という部分だけ日本語だった。えんじゅちゃん、は、叔母が唯一知っている日本語だった。叔母だけではない。縁珠のことを、父方のであれ母方のであれ、親戚は皆、えんじゅちゃん、と呼んだ。他の日本語は何ひとつ知らなくとも、えんじゅちゃん、という日本語ならば、親戚中の誰もが知っていた。

――痩せっぽちでしょ。もっと、太ってくれればいいんだけどね。

母が、叔母に中国語でそう言う。叔母と母とは、歳が十一離れていた。母と叔母の間にはもうひとり男の子がいたが、縁珠をやはりよく可愛がっていたその叔父は、徴兵を終えて数年しないうちに事故で亡くなっている。縁珠は、壁のほかに見えるものはないかと、まえにおしてようやく開けることのできた窓のむこうを、見つめた。かすかな泥の匂いが鼻先をよぎった。そのドブからたちのぼったような匂いも、縁珠は、いやだとは思わなかった。匂いのするほうから甲高い声をあげてはしゃぐ子どもの声が聞こえた。近くに川があった、と縁珠は思い出す。叔父と叔母と川べりを歩いた。狭い道だった。流れが急で速い川だったので、途中で足がすくんだ。べそをかいたら、叔父が抱き上げてくれた。川がごうごうと音を立てて流れるなか、叔母が縁珠の気を紛らすためにわらべ歌を歌った。叔父も、叔母に声をあわせた。あれはいつ頃のことだったのだろう。叔母に訊けばいい。だが、縁珠は振り返るのをためらった。叔母は、母に洋服ダンスの引き出しをひとつひとつ開けてみせながら、中国語で何か喋っていた。そのうち、

――もうぜんぜん分からないんでしょう、中国語。

自分のことを言っているのだと縁珠はすぐに分かった。

――台湾語もぜんぜん分からないんでしょう？

ごく自然な調子で、叔母は台湾語に切り替える。台湾語も分からないんでしょう、という叔母のその台湾語が終わるか終わらぬうちに、縁珠は窓に背を向けてマットレスのうえに滑り落ちた。母と叔母が同時に縁珠を見る。

――ぜんぜん、分からないわけではない。こっちの言っていることは、ちゃんと分かるのよ。

母が笑いながら、台湾語で言った。心底不思議そうに、そういうものなのねえ、と叔母も台湾語で言う。縁珠はなんとなく居心地がわるくて、

――ママ、川ってどこ？

大声の日本語で、母に訊ねた。

――かわ？

母が日本語で訊き返す。

――川、あったでしょ。むかし、アイーと散歩した川。

アイー、は、台湾語で、母親の妹、つまり、叔母、という意味だった。おじさん、おばさんではなく、縁珠は今でも、親戚のおとなたちを、アイー、や、スゥスウ（叔父）など、台湾語で呼んでいた。母は、縁珠のアイーこと叔母に、中国語で訊ねる。むかし、あなたと散歩した川はどこかって？　叔母は、声をあげて笑った。

――あの川ね。とっくに、埋め立てられたわよ。このへんも、再開発地域に指定されているからね。

母の寝息がきこえたので、縁珠は身体をそっとあお向けた。母は、反対側をむいて身体を海老のようにまるめて眠っていた。天井からぶらさがる照明の紐が冷房の風でわずかに揺れているのを見つめながら、縁珠は、消えてしまった川の音がごうごうと響いてくるような気がしていた。縁珠と母の間には、赤ん坊をひとり寝かせても充分なぐらいの隙間がある。もともと、ふたりで眠っても充分すぎるほど大きい寝台だった。それは、祖父が古くからの友人である家具職人に特注で作らせたものだという。自分たちの寝台よりも遥かに豪華な寝台を客室に置くのはどうかと祖母は眉をひそめたが、祖父は断固として聞かなかった。嫁いだ娘が赤ん坊を抱いて里帰りしたときに眠るところなのだから、ちゃんとした寝台ぐらい準備しなくてどうする、というのが彼の言い分だった。金銭的に余裕があるわけでないのに、祖父はそのような金の遣い方を好み、晩年まで祖母や家族たちをてこずらせていた。祖父母が、母が生まれ育った古い家を売り、この家に移り住んだのは、母が父と結婚したあとだったので、母は叔父や叔母のようにはこの家に住んだことがなかった。母が寝返りを打つ。暗がりのなかで縁珠も母に背を向けた。十九年前――縁珠は、あと数日で十九歳になるところだった――も、母とここでこんなふうに並んで眠った。産院から祖父母の家に帰ってきた母は、祖父が特注で買った真新しいベッドに、生まれてまもない縁珠を寝かせた。祖母が古い布切れのなかでも、特に肌によさそうな生地ばかりをあつめて縫ったオムツを、寝台と同じぐらい真新しい縁珠のお尻にあてがった。女が子を産むとひと月外出してはならないという昔からの慣わしに従って、母は、祖父母のこの家の中で、縁珠が生後一ヶ月目を迎える日まで戸外に出ずに過ごした。記憶にあるはずがない。それでも、人生の最初の一ヶ月間を過ごした部屋で母の寝息を聞いていると、縁珠は自分が赤ん坊であったときのことが身近に感じられて、妙な心地だった。十九年近く、積み重ねてきたはずの時間が溶けてなくなってしまうようだった。幾つめかのある夜、うつらうつらとしながら風に揺れる電燈の紐を眺めるともなく眺めていると、

――縁珠、起きてる?

母が寝息を立てているのではなく、目覚めていて口を利いていると分かった瞬間、縁珠は身を浸していた安らぎがさっと遠のくのを感じた。とっさに眠っているふりをしようとしたが遅かった。母は言う。

――あわただしかったから……

母にとって、最も自然に話せる台湾語、だった。

——あの子。あの…… 〃tián zhōng xiān sheng〃

田中くん、と日本語で言う代わりにわざと冗談めかして、tián zhōng xiān sheng、と母が中国語で言うのを、縁珠は天井に顔をむけたまま他人事のように聞いた。

——何も言わないから……

母の声が、ふと真面目になる。

——あなた、何も言わないから。毎日、外でどんなふうに過ごしているのか。誰と、付き合っているのか。どんなひとと、どんなふうに付き合っているのか。何も、言ってくれないから。だからママ、心配で心配でしょうがなかった……

文節ごとに、中国語になったり、台湾語がまじったり、接続詞だけは日本語だったり。いつもの、母の喋り方だった。

——あの、タナカクン——母は、今度は生真面目に日本語でそう言った——を連れてきて、顔を見たら少しだけ安心したけれど……

縁珠は、何語も発しなかった。母は、かまわず続ける。縁珠が耳を傾けていると、確信している口ぶりだった。

——いい子じゃない……まじめそうないい子だと思ったわ。

息をついて、母は言った。いい子じゃない。台湾語で言ってから、中国語でも言った。いい子だと思ったわ。母が、まじめそうないい子、というタナカ、カ、ン、のことを、縁珠も忘れていたわけではない。タナカクンが母に会いにきたその日の夜、祖父が倒れたという知らせをうけたのだ。わざと、そうしようと思ったわけではなかった。連絡をためらっているうちに、飛行機が離陸した。しかたない、と思った。数十分後、白っぽく照る半月が窓から見えたとき、遠のく、と思った。彼が、遠のいてゆく。タナカクン。母からその名を告げられ、縁珠は台北に着いてからの自分が、彼のことを、ほとんど思い出さずにいたことに気がついた。

——あのね、いつか言おうと思っていたの……

母の声が、突然、別のところから響いてくるような気がして、縁珠はハッとした。母の言葉は、あいかわらず、中国語と台湾語と、それに日本語とのあいだを、不規則に揺れ動いていたが、口調そのものは、いつになく確かだった。

——縁珠、いつか言おうと思っていたの……あなただって、ママにボーイフレンドの顔を見せるぐらい、大きくなったことだしね。あなたが大きくなったら、言わなければならないとずっと思っていたのよ……もちろん、そうは言ってもあなたはまだ若いし、こんなふうに言っても怒らないでね、相手はあのタナカクンでない可能性だってあるだろうけど……

結婚？　母が、結婚、を、日本語で言ったのか、中国語で言ったのか、あるいは、台湾語だったのか、縁珠は掬い損ねた。しかし、何語でも同じだった。結婚？　縁珠はひどく驚いた。結婚、と、母は言ったのだ。結婚？　縁珠は、心臓の動きが激しくなるのを感じる。えんじゅ、と母が呼びかける。

——あなたが、結婚を考える年頃になったら言わなくちゃ、とずっと思っていたのよ。結婚なんて、まだ、早いと思っているかもしれない。でも、ちょうどいいでしょう。あのね、縁珠。あなたは、日本人じゃないのよ。

母は、縁珠がまったく予想していなかったことを言った。

——あなたは、日本人じゃないのよ。ずっと、日本で育ったんだもの。いまさら、結婚するなら相手は台湾人にしなさい、なんてママもパパも思ってないわ。むしろ、日本人と付き合うほうが言葉も通じるし、中国語を話さないあなたには自然でしょう……

中国語を話さない？　縁珠は、母が自分のことを、不會說國語——中国語を話せない、ではなく、不說國語——中国語を話さない、と言ったことに、別の驚きを覚えた。心臓が、ますます高鳴ってゆく。母は、話し続ける……

——あなたを大事にする人なら、日本人でも、台湾人でもいい。えんじゅ、いつか結婚したいぐらいのひとがあなたにあらわれて……タナカクンがそうではないと言ってるんではないのよ……そのひとも、あなたを好いてくれて……ママだって、それにパパだって、自分たちの娘がそうなったらなと願っている……でもね、もしもね……

縁珠は、天井をみあげたまま、母が次に何を言うのか待った。母は言った。

——もしもね、あなたが結婚したいと思った人のご両親や親戚が、あなたとの結婚を反対することがあって、その理由がママとパパが日本人じゃなく……

縁珠は、母の続きを遮るように、身体を乱暴に起こした。薄闇の中、母があっけにとられているのが分かった。

――やめて。

自分の発する声が、日本語にしかならないのが、もどかしかった。そんな日本人許さない。熱い塊が、喉元まで、こみあげてくる。でも、それを日本語で言いたくない。生まれて初めて感じるもどかしさだった。縁珠は身体を震わせながら、自分は母が言おうとすることを母に言わせたくないのだな、と思った。そのためにも早く何か言わなくては。だが、何を言ったらいいのか、分からない。日本語ですら、思い浮かばない。心臓の音だけが、どきどきと鳴り続けている。母がゆっくりと身体を起こした。

――どうして泣くの。

母が何語でそう言ったのかを、また掬い損ねてしまう。嗚咽《おえつ》しながら縁珠は、さて何故泣くのだろう、と思った。母が、背中をさすってくれる。泣かないの、と囁く。泣かないの、えんじゅ、と囁く。台湾語だ、と縁珠は思う。母が台湾語で、泣くな、と囁いている。

――えんじゅ。髪の毛、ほんの少しだけ、軽くみえるように切ったらどう？

縁珠は、顔をあげた。一瞬、母が日本語でそう言ったのだと錯覚した。

――你把這個長頭髮剪短一點兒，好不好？

母が言ったのは、中国語だった。それも、日本語や、台湾語をまじえない、まじりっけなしの一文。それを、とっさに縁珠が、まじりっけのない日本語へと、「翻訳」してしまっただけだった。縁珠は母の顔を見つめる。ところが母は、すぐにいつもの調子で、まじりっけのない日本語には訳しがたい、中国語と台湾語を織り交ぜた喋り方へと戻る。

――明日、一緒に床屋に行こうか。ママが連れて行ってあげる。

背中をさする手をとめて、縁珠の顔をのぞきこむ。母が、縁珠の濡れた目尻を指で拭おうとするので、縁珠は母から逃れるように、

――いいよ。

自分の指の腹で目尻を押さえながら言った。

――床屋ぐらい、ひとりで行けるよ。

母の台湾語につられて、美容院、ではなく、床屋、と言ってしまったのが自分で可笑しかった。縁珠につられたのか、母も少し笑った。笑いながら、ほんとうに？　と、まず日本語で確かめ、それから台湾語で確かめる。

――あなたひとりで、ほんとうに台湾の床屋に行けるの？

行けるよ、縁珠は日本語で母に答えた。わたしだって少しなら話せるんだから中国語も台湾語も……と思ったけれど、ほんとうに？　と何度も台湾語で繰り返す母に、そうは言わなかった。

「中国語で……」

縁珠は、言った。麦生は緊張しながら、縁珠の言葉の続きを待つ。ところが、

「中国語で、髪を少し切る、ってどう言うかわかる？」

縁珠が、予想していたこととはぜんぜん違うことを言ったので、麦生は戸惑いながら、口ごもった。

「知らないの？」

麦生をからかうようにそう言った縁珠の唇に、ちょうど雨粒が落ちた。縁珠は笑った。笑って、天からの水滴を舐《な》めてみせた。

――髪の毛。ほんの少しだけ、軽くみえるように切ったらどう？

母が寝室で囁いた中国語を、縁珠は再現しようとした。台湾の床屋で。ところが、後ろに立った理髪師と鏡越しに目が合ったとたん、縁珠は自分の唇が思い通りに動かないことに気がついた。角刈りの理髪師が、怪訝そうに、鏡の中の自分を眺めている。首筋が汗ばむのを感じた。

――……短！

ようやく出た声は、掠れていた。理髪師は、縁珠が懸命になって絞り出そうとしている言葉を、無表情で待ち構えている。

――短，短一点儿……！

少し短く……というつもりで理髪師にそう言った。理髪師は大きく頷き、縁珠の長い髪を指

先で、梳いた。理髪師は、しばらくそうしたあと、言葉がやっと通じたことに安堵している縁珠の長い髪に、鈍く輝く銀色の鋏《はさみ》を差し込んだ。縁珠が、アッ、と思った瞬間には、縁珠の耳からしたの黒髪が、床屋の床の上にあっけなく滑り落ちていた。麦生は、唇を舐めて笑う縁珠を、呆けたように眺めていた。雨粒は次から次へと落ちはじめ、地面を濡らしてゆく。雨で、目が霞む。水を吸い込んだ喪服がピタリと張り付いて、縁珠のからだの線がくっきりと浮かび上がる。ラプンツェルのような長い髪でなくても……今のように、髪がうんと短くても、縁珠は縁珠だ、と麦生は思った。逃げなくちゃ……縁珠は言う。立ち尽くしている麦生の腕を、とる。

「早く、逃げなくちゃ……」

14

魔女は、ラプンツェルの髪をつかんでクルクルと腕に巻きつけると、銀色に光る鋏をあてた。次の瞬間、ラプンツェルの長い髪が、バサリと音を立てて地面に落ちた。それでもまだ怒りのおさまらなかった魔女は、ラプンツェルを荒野に連れ出し、捨てた……ラプンツェルの物語のときだけ、祖父の日本語はたどたどしくなった。でも縁珠は、祖父の読んでくれる絵本では、ラプンツェルがいちばん好きだった。それなのに、どうしてだか、どんなお話だったのかおぼろげにしか思い出せない。髪を切られて、荒野に投げ出されたラプンツェルはどうなったのかしら？

服なら、雨で濡れたので、みんな脱いでしまった。おなじように、裸になった麦生が、縁珠の上に覆いかぶさっていた。雨が、屋根を打ちつける音と、麦生の漏らす息の音しか、聞こえない。あとは、縁珠自身が漏らす音。縁珠の耳を、麦生が歯を遣わずに噛む。縁珠の耳の穴はしっとりと濡れてひらく。麦生によって、えんじゅ、という音が挿し込まれるのを待ち望む。雨の音が激しくなる。縁珠は、からだの底には水溜りがあるのだと思い出す。いつまでも、いつまでもそれを思い出していたいと思う。

麦生の六畳の部屋は、ガランとしていた。余計なものがほとんどない床に、脱いだ衣服が散らばっている。つるりとした裏地をのぞかせる黒いワンピースをのけて身体を起こすと、縁珠はあぐらをかいた。

「あっちにいる間は、この部屋を友だちに貸してやろうと思って……」

冷蔵庫からビール瓶を取り出しながら、麦生が言う。縁珠は、その日はじめて、ゆっくりと部屋を見渡す。中国語の教科書と参考書、分厚いバインダーが、机の上に積み重なっているのが目に入る。日中辞典と中日辞典、それから、以前はなかった中国語文法用例辞典が、大切そうに壁に立てかけてある。

「楽しみ？」

縁珠が訊ねると、麦生は曖昧に笑う。あと半月もすれば、麦生は北京に出発する。

「まだ、あんまり実感が湧かないんだ。まあ、いちばん気になるのは、向こうで自分の中国語が……」

ちゃんと通じるかどうか、と言い掛けて麦生は突然口ごもる。縁珠は、静かに笑った。

「麦生なら、大丈夫よ」

ゆっくりと、言った。

「麦生なら、絶対に大丈夫」

縁珠の声は、確信に満ちていた。麦生の中国語。あの日、母を相手に、麦生が話していた中国語。一語、一語を几帳面《きちようめん》なほど丹念に連ねた中国語。その、麦生の中国語について、母は言っていた。

――タナカクンの発音は、石原さんと似ている。先生は、やっぱり大陸の人なのかしら？大陸の人。ターールーレン、と母が中国語で言うのを聞きながら、南方の人、なんぽうのひと、という大林の日本語を縁珠は思い出して、苦い落ち着かなさを感じた。縁珠が返事をしないでいると、

――ねえ、あなた、タナカクンが中国語を話せること、本当に知らなかったの？

母は、縁珠に対して何度目かのその質問をした。ほんとうよ、と縁珠は言う。ほんとうに知らなかったんだってば。母は、ほんとうに？　と苦笑を浮かべ、いずれにしろ、と続ける。

――いずれにしろ、中国語の堪能な日本人はみんな、あんなふうに発音する。

中国語の堪能な日本人。ふと縁珠は、そういう中国語を話す日本人を、どこかで見た、と思った。確かどこかで……首をかしげながら、突然、黒々と光る長い髪を背中に真っ直ぐ垂らした少女が脳裏に閃いた。ラプンツェルのような少女。入管だ。入国管理局で、あの子とすれちがったときだった。彼女は一人ではなかった。若い男と一緒にいた。ふたりは、中国語で喋っていた。彼女の、早口で、やや苛立った口調の中国語に対し、その男は、縁珠の耳には一音一音がはっきりすぎるほど、よく響く発音の中国語で応えていた。

――わたしではなく……

縁珠は思う。わたしではなく、たとえば、あの女の子と、だったら。麦生は麦生の中国語を、もっと存分に、話すことができたのだろう。いつも話していられたのだろう。あの男のように。あの男だって、彼女ではなく、わたしと、だったら……。急にまた、地面を打つ雨音が激しくなる。

「大丈夫よ。麦生の中国語なら、絶対に大丈夫」

縁珠の言葉に対して頷くのがためらわれるのか、麦生は視線をさりげなく落とす。縁珠は静かに笑った。このひとは、日本国旅行券をどこに隠したのだろう、と思った。表紙に、JAPAN PASSPORT、とある紺色の冊子をどこにやったのだろう。わたしの目の届かないところ。ビールの栓を、麦生は抜く。すこしだけ飲む？ と訊く声が掠れていた。縁珠は頷き、金色の液体の注がれたグラスを掲げる。じゃあ、カンパイ。麦生が、照れたように言う。カンパイ。縁珠も笑って応える。グラスとグラスのぶつかりあう音を、縁珠は愉快な心地で聞く。麦生の喉仏がごくごくと動くのを見つめる。

「ずっと……」

グラスを両手で持ちながら、縁珠は口を開いた。

「ずっと、連絡しなくてごめんね」

麦生は、グラスの中に残っていたビールを喉へと一気に流し込んだ。空っぽになったグラスを床に置いてからようやく、いいよ、と呟いた。もう、いいよ。縁珠は、自分のほうを見ようとしない麦生の顔をわざとのぞきこむように、続けた。

「お母さんが、よろしくねって」

麦生は、泡のついた口許を手の甲で拭いながら、弱々しく笑みを浮かべた。

「二度と会えないのかと思っていた……」

縁珠は、グラスを床に置いた。それから、麦生の頬に手をあてる。

「痩せたのね」

縁珠の声は、低く柔らかだった。麦生の頬をさする縁珠の指は、その日、麦生が最初に握り締めたときには冷え切っていたが、今は、熱いほど温かい。麦生は、縁珠の乳首が艶やかな赤みを帯びているのを見た。裸になるの。突然、縁珠の同級生だった少女が秘密を打ち明けるようにそう言っていたのを思い出す。

——裸になるの。水泳のときね。更衣室で。ふつうは裸になったりしない。なのに、あの子
——楊縁珠は、みんな脱ぎ捨てて、裸になるのよ……

裸でいると、縁珠は大きく見える。服を着ているときよりもずっと、と麦生は思った。

「わたしは、太ったと思わない？」

縁珠が、目の前で囁いていた。一ヶ月近くのあいだ、ろくに食べなかった。断片的な夢を次から次へと見た。縁珠の声が自分に囁きかけるのを、何度も聞いた気がした。目が覚めると、声は跡形もなく消えていた。麦生は、縁珠の手を思い切り摑んだ。

「すこし、ふっくらしたかもな」

縁珠は、身体を揺らして笑った。たくさん、食べさせられたのよ。もっと太りなさいって、たくさん、食べさせられた。麦生も笑った。台湾料理を？　そう、台湾料理を。それは、太りそうだね。そうよ、太るわよ。前が痩せすぎていたんだ、今ぐらいのほうがちょうどいいよ。そう思う？　そう思うよ。縁珠は、組んでいた脚をほどいた。ゆっくりと立ち上がった。麦生は、立ち上がる縁珠を目で追う。まっすぐ立って両腕を思い切り伸ばすと縁珠は言った。

「わたしも中国に行こうかな」

「え？」

縁珠は笑いながら、部屋の真ん中でクルクルと廻る。麦生が、あっけにとられた顔をしてい

るのが見えた。一廻りするごとに、麦生の困惑した顔が見えた。縁珠は笑った。笑いながら、どんどん速度をあげる。廻って、廻って、廻る。廻りながら、ここはどこなのだろう、と思う。日本？　台湾？　それとも……やめろ、という日本語が聞こえてくる。やめろ……また聞こえてくる。日本語が聞こえるということは、ここは日本なのだろうか？　やめろ、えんじゅ。危ない。麦生の声だった。麦生。ここは、麦生の部屋。縁珠はフラフラになって麦生の差し出した腕の中に倒れこんだ。倒れこみながらも、笑いが止まらない。

「何を考えているんだ……」

呆れたように呟く、麦生の声。麦生の体温。麦生の匂い。目が、廻っている。縁珠は、床であお向けになった。笑いすぎて涙が出そうになる。麦生が溜息をつくのがきこえる。縁珠は顔を両手で覆った。指と指のあいだから、殺風景な部屋が見える。麦生が、自分の脱ぎ捨てたジーンズをたぐりよせていた。タナカダイスケ、縁珠は呟いた。ジーンズからとりだした煙草を咥えた麦生が縁珠を見る。

「タナカダイスケ……」

一度試したとたん、魅惑されたように縁珠の舌は、それを繰り返したくなった。タナカダイスケ、タナカダイスケ、タナカダイスケ。麦生は愕然として、縁珠を、縁珠の唇を、見下ろした。タナカダイスケ。縁珠が連呼するのは、まぎれもなく自分の名前だった。名づけられた瞬間から、呼ばれてきた自分の名前だった。それを、縁珠が唱えている。タナカダイスケ、タナカダイスケ……。麦生が、困惑した表情で自分を見下ろしているのが可笑しくて、縁珠は声をもっと張り上げる。タナカダイスケタナカダイスケ……麦生は、縁珠が発している、タナカダイスケ、というのが、自分自身の名前、というよりも、何か得体の知れない音の連なりである気がしてきて、だんだん、不気味になってくる。不気味さは、しだいに不愉快さに変わっていった。金魚のようにパクパクと動く縁珠の口からいったん目を逸らし、それから、どうしたんだよ、と声を荒げた。そして、息を呑んだ。口をパクパクと動かしている縁珠の目が潤んでいた。今にも溢れそうだった。

「泣いているの?」

縁珠は、口を動かすのをやめた。のぞきこむように縁珠を見つめる、麦生の目。えんじゅ、と呼ぶ、麦生の声。タナカダイスケ、麦生の名前。麦生の目は不安げだった。どうして泣いているの? と、訊ねる声も不安そうだった。泣いてなんかない。縁珠は、今、目を覚ましたように、明るい鮮やかな声で、言う。

「面白いのね」

「え?」

縁珠は半身を起こした。それから、自分を見つめている麦生に、言った。

「ひとの名前を、連呼するのって」

麦生の眉間に、皺が寄る。縁珠は、笑った。笑いながら、繰り返した。

「面白い。ひとの名前を、連呼するのって」

なんだよ、呻《うめ》くように麦生は言った。縁珠は、身体を揺らして笑い続けた。なんだよ、麦生の低い声が、震える。

「何を笑っているんだよ、何が面白いんだよ……」

縁珠は、笑い続ける。笑うな、麦生の声が大きくなる。縁珠は、でも、笑い続けろ。笑う縁珠の肩を、麦生はカッとなって摑んだ。

「笑うなよ！」

痛い、と、縁珠は小さく叫んだ。麦生の爪が、縁珠の肩の皮膚を引っ掻いていた。麦生は我に返ったように縁珠から手を離す。ごめん……と呟いてから、

「いったい、どうしたんだよ、えんじゅ……」

と言う。とても低い声だった。雨が、さらに激しくなったようだ。縁珠は、笑うのをやめた。麦生の横顔を見つめた。

「連呼されたの……」

麦生が縁珠を見る。

「連呼されたの、名前を。歩いていたら、男の子がふたり、電信柱の陰から飛び出して、わたしを指さしながら囃《はや》し立てたの。ようえんじゅだ、ようえんじゅだって……」

ずっと、忘れていたのだった。でも、それは確かにあったこと。話しながら、縁珠は思い出

してゆく。麦生は、ただ黙っていた。

「ようえんじゅだ、ようえんじゅだって」

縁珠は、乾いた声で繰り返した。小学校の帰り道だった。一緒にいたミユちゃんのランドセルの革が光に反射して、馬鹿馬鹿しいほど赤く感じた。黒いランドセルの男の子たちは、どちらも同じクラスの子ではなかった。隣の、あるいは隣の隣のクラスの子だった。二人掛かりで、彼らは歌うように言った。ようえんじゅだ、ようえんじゅだ。縁珠はミユちゃんの手をつかむと、走った。ようえんじゅが逃げた、ようえんじゅが逃げた、という声から少しでも早く遠ざかるように、走って走って走った。次の日も、そのまた次の日も、彼らは縁珠たちを待ち伏せした。あるとき、ようえんじゅだ、ようえんじゅだ、と縁珠をからかったあと、彼らは思いついて、ようえんじゅの仲間だ、ようえんじゅの仲間だ、と縁珠と一緒にいるミユちゃんのことを囃し立てた。ミユちゃんの顔が歪んだ。縁珠は、いつものようにミユちゃんの手をつかもうとした。その瞬間、ミユちゃんが縁珠の手を振り払った。驚いた縁珠を置いて、ミユちゃんはいきなり走りだした。ようえんじゅの仲間が逃げた、ようえんじゅの仲間が逃げた、男の子たちの声が響いた。ミユちゃんに一足遅れてしまったけど、縁珠も走った。走りながらミユちゃんが不機嫌そうに縁珠に言う。ようえんじゅの仲間だって。やんなっちゃう、なんであたしもそんなこと言われなきゃいけないの？　うつむきもせず、うなずきもせず、麦生は、ただ、黙りこくっていた。

「わたし、自分の名前があんまり好きじゃなかった……もっと、普通の名前だったらよかったなって思ってた」

縁珠の声は乾いていた。麦生は、縁珠が喋るのを、ただ、見つめていた。

――へんな名前だから……

へんな名前だから、忘れなかったんでしょう？　春の明るい陽射しの中で、縁珠はそう言っていた。不穏な心地で麦生は、思い出す。と、その麦生の耳もとに、縁珠はとつぜん、唇を寄せた。

「タナカダイスケ……」

またた、と麦生は身構える。縁珠は言った。

「タナカダイスケって、言うのよ」

縁珠は麦生の耳もとから離れて、静かに繰り返した。

「わたしを、ようえんじゅだようえんじゅだって、連呼していた男の子の名前。ひとりは、タナカダイスケって言うの」

麦生は、背筋が寒くなった。縁珠の声は、淡々としていた。

「タナカダイスケって、言うの……わたしを、追っかけてきた男の子の名前」

ずっと、忘れていたのだった。忘れたかった、というよりは、おそらく、記憶するに値しないほどの名前だった。だから、長いこと忘れていたのだ。ありふれた名前ね。言おうとして、やめた。麦生の額がかすかに汗ばんでいるのが目に入った。麦生。緑珠は、呼びかける。麦生、麦生。麦生は、緑珠に顔を向けようとしない。緑珠は声をはりあげる。

「麦生！」

麦生は、やっと振り返る。

「俺のこと？」

掠れた声だった。緑珠が曖昧に笑うと、麦生はうなだれたように肩を落とす。それから、指先を心なし震わせながら灰皿にたてかけた吸いさしをつまむ。雨の音は激しいままだった。

（ありふれた名前ね……）

声に出さずに緑珠は呟く。ひと月前と比べて、うんと痩せてしまった麦生の背中を見つめる。煙を、深々と吸い込み、吐き出している男の背を見つめる。アァと緑珠から、声になりきれない音が、漏れる。アァ……漏れてしまう。父は煙草を吸わない。伯父やたくさんいる叔父たちも。幼い緑珠のまわりで煙草を吸う男といえば、祖父だった。その祖父があるとき緑珠を膝に乗せたまま、マッチを擦ったことがあった。祖父の膝の上で緑珠は、ちいさな木切れが炎を纏うのを高揚した心地で眺めいった。炎は、祖父の咥える煙草の先を、思慮深く燃やし始める。緑珠の顔が赤らむ。煙を深々と吸い込むと祖父は、膝の上の緑珠をそっと抱えなおしてから、吐いた。煙は、ゆっくりとのぼってゆく。天井を、緑珠は見あげた。それから、煙草を吸っている男の背を見下ろすと、叫んだ。麦生、麦生！　麦生は、今度は一度で振り返った。

「おじいちゃんが……」

声が、震えた。縁珠を、麦生はじっと見つめる。

「おじいちゃんが、死んじゃった……」

震える声で、縁珠は言った。みひらいた両目から、大粒の涙がこぼれ落ちた。うん、と、麦生は低い声で応えた。うん、と応えながら、火を点けたばかりの煙草を灰皿に押し付けると、しゃくりあげる縁珠の身体を引き寄せた。おじいちゃんが死んじゃった、おじいちゃんが死んじゃった……縁珠は嗚咽しながら繰り返した。うん、と言いながら麦生は、縁珠の頭を抱えこむ。かすかに汗ばんでいる麦生の胸に頬を擦り付けながら、声をはりあげ、ありったけの力をこめて、縁珠は泣いた。麦生は、火が付いたように泣き出した縁珠に少したじろぎながらもその背中をさすった。縁珠は麦生にしがみつくと、おじいちゃんが、おじいちゃんが、と途切れとぎれに啜り上げる。全身を震わせて泣きじゃくる縁珠をさすりながら、

――お祖父ちゃんは、わたしの名付け親なの……

いつか縁珠がそう言っていた、と麦生は思い出す。大林の教室にいたときと同一人物とは思えない、伸びやかな、誇らしささえ感じさせる口調で、縁珠は自分にそう言ったのだった。

――生まれる前から、わたしの名前は、縁珠、と決まっていたのよ。

息が、とまる。塩辛いのは涙が口の中に流れ込んできたからだった。それでも縁珠は泣き続けた。おんおんと声をあげながら、心臓の音がすると思う。誰かの、心臓が鳴っている。誰か

の……。

（タナカダイスケ……）

どこかで、聞いたことのあるような名前だ、と思った。

（タナカダイスケ！）

なんという平凡な日本語なのだろう、と思った。

来福の家

＊

住民票が欲しい。そういうと、そのひとは大きくうなずいた。わかった、もうそれ以上は何もいわなくていい、といった風に。だからわたしは、安心しなさい、といわれたわけではないのに、これで大丈夫とばかりに彼女のあとをついてゆく。彼女は、わたしの母よりは年上で祖母よりも若そうだった。左腕に、ボランティア、という文字の入ったワッペンがある。同じワッペンを腕につけたひとが、他にも何人かいるのが見えた。どのひとも真っ赤なジャケットを羽織っている。このひとたちは、昔からいたのだろうか、と思う。生まれたときから同じ地区に住んでいるので、ここに来たことは何度かある。わたしは、赤いジャケットのひとに助けてもらったことを思い出そうとするのだが、思い出せない。それに、彼女のようなひとたちが昔からいたとしても、助けられたのは、子どもだったわたしではなく、父か母なのだろう。ひとりで区役所に来るのは初めてだった。こちらです、という声がする。住民票請求用紙が置かれた台の前に辿りついていた。わたしのほうにむきなおっていた赤いジャケットの彼女が、必要事項を書いて窓口に提出するのです、教師のごとき啓蒙的な口調でいう。従順な生徒のごとくわたしは台に備え付けてあるボールペンを急いで握った。ボールペンには紐がくっついていて、台と結び付けられている。インクの出があまりよくない。それでも用紙の様式に従って氏名、住所と書き終えた。見計らったように戻ってきた彼女が番号札を手渡してくれる。わたしの代わりに引いておいてくれたのにちがいなかった。慌てて頭をさげると、大きく彼女はうなずいてみせた。あとはもうすっかり大丈夫よ、とでもいう風に。

やっぱり、昔から彼女はここにいたのだ、とわたしは確信する。なぜなら、貫禄に満ちたその態度は、長年ここでこの仕事をしてきたという自信に支えられたもののように感じられたから。そんな彼女が指さして教えてくれた窓口の受付番号表示パネルがわたしの番号を表示する。わたしは自信満々に氏名と住所が書き込んである住民票請求用紙を窓口の係員へと差し出した。ところが、窓口の係員は請求用紙を一瞥《いちべつ》したのち申し訳なさそうにいう。

「外国人の方ですと、こちらではなくてあちらの窓口になります」

えっ、わたしは係員の顔をみた。

「外国人の方の場合ですと、あちらの窓口で手続きをしなければなりません」

遠慮がちに繰り返しながら、わたしの肩越しを示す。振り向くと、外国人登録係、と書かれた文字を掲げた窓口がすぐに目に入った。なんとなくばつが悪くなってふたたび係員の顔をみると、係員もあいまいな笑みを浮かべ、用紙は破棄しますがよろしいですか、と聞く。係員に頭をさげ、わたしは戸籍課窓口の斜向《はすむ》かいにある外国人登録係の窓口にむかう。こちらも、それほど混んでいなかった。長椅子の右端が空いている。そっと腰掛けると、とたんに、強い香りが鼻先をかすめる。香りの主は、わたしの左隣で、ペーパーバックを膝の上でひろげている男のひとだった。空港の免税店を思い出させる高級な香りを漂わせている彼の目が追っているのは、どうも、英語ではない。何語なんだろうと思ったとき、喧嘩かと思われる声が響いた。わたしも、香水の彼も、声のしたほうに目をやる。むこうから、夫婦らしき中年の男女が近づいてくるところだった。奥さんが長椅子の左端にどっかりと座る。ふたりはまだ大声で喋り続けていた。膝の上のペーパーバックから目を離していた彼は右隣にいるわたしと目が合うと、参ったね、というように肩をすくめてみせた。中年男女の会話はまだ続いている。わたしにはわかる。彼らが話しているのは中国語だった。彼らはふつうに喋っている。しかし傍《はた》からはまるで喧嘩のようなのだ。とりわけ、中国語をまったく解《かい》せない人にとっては。読書する気分ではなくなったのか、膝の上のペーパーバックを彼は閉じた。わたしは彼にむかって、それは何語なのですか、と英語でたずねようとしたのだが、ちょうど番号表示パネルの数字が変わる。ぱちんと指を弾《はじ》きながら、ボクだ、と彼が呟いた。それからわたしをみると、助かったよ、という具合に微笑んで香水の香りとともに長椅子から去っていった。わたしは、ボクだ、と呟くことのできるひとに対して自分が英語で話しかけようと思っていたことがおかしくなる。外国人をみかけると、英語で話しかけなくてはならない、と思いこんでしまうのは何故だろう。長椅子の左端では中年夫婦の会話が続いていた。みてよ、と奥さんが彼女の夫に耳打ちする。あの外国人、ずいぶん背が高いわねえ！　ペーパーバックを小脇に抱えて立ち上がった彼は、腰から下、つまり、脚がすらりと長かった。外国人ってのは脚が長いもんだね、と彼女の夫も嘆息まじりにいう。わたしは笑いを嚙み殺す。あなたたちだって外国人じゃない。まあ、わたしも外国人なのだけど、と思いながら。それにしてもわたしを、外国人であると見抜くのはなかなか難しいことなのだろう。なにしろ、あの自信と貫禄に満ちたボランティアのご婦人だって見抜けなかった。

外国人登録係の前に据え付けられた表示パネルの数字が変わる。わたしだ、と立ち上がる。窓口で、住民票をくださいというと、外国人登録証明書のことですか、と聞き返される。

「住民票はないんですか?」

「外国人の方ですと、住民票ではなく、登録原票の写しをお出しすることになるのですが」

さて、どうしよう。わたしは首をかしげる。ちょっときいてみます、と係員に頭をさげ、窓口から退く。鞄の中から、携帯電話と、さっき貰ってきたばかりの合格通知と関連書類の入っている封筒をとりだす。封筒に印字されている十桁の番号に電話を掛けると、二度のコール音ののち、××中国語専門学校事務局です、という快活な声が聞こえてきた。わたしの背後をさっきの中国人夫婦が歩いてゆく。わたしは電話をあてていないほうの耳を塞ぎながら、

「二〇〇九年度の試験に合格した者ですが入学手続きの際、外国人登録の写しを提出するのではいけませんか?」

一瞬の沈黙ののち、

「といいますと、日本語学科に合格なさった方ですか?」

××中国語専門学校には日本語学科が併設されていた。いいえ、とわたし。

「合格したのは中国語学科なんですが……」

電波が不安定なので姿勢を変える。外国人登録係、という文字が目に入る。電波が乱れぬうちに、とわたしは声をあげる。

「わたしは日本で育ったのですが日本国籍はないので……」

住民票はないんだそうです、といいかけたところで電話が切れてしまう。溜息が洩《も》れる。

三日前が試験だった。学校の掲示板に合格者の番号が貼り出されたのは今朝の九時だった。試験の日は目覚まし時計が鳴るよりも早く目が覚めたのだが、今日は母に起こされた。それでも普段よりはずっと早起きだ。わたしは八時半過ぎには学校の掲示板の前にたどり着いていた。掲示板をわたしは見わたす。中国語堪能な日本人大歓迎、日本語会話に不自由のない中国人でも可、という文字が目に入る。中国料理レストランでのアルバイト募集だった。あかるいみんな仲良しの職場です、とある。紙のいちばん下には、連絡先の電話番号と担当者：林、と書いてある。はて、と思う。この、林、というのは、ハヤシ、それとも、リン？　前者ならおそらく中国語の堪能な日本人なのだろうし、後者であればきっと日本語会話に不自由のない中国人にちがいない……合格発表はまだ貼り出されていなかった。わたしは掲示板の前から離れる。わたしの他に発表を待っている人はいない。補欠募集だったので受験者はわたしを入れて六人しかいなかった。そのうちの一人は、発表をネットでみるといっていた。合格発表は学校のホームページ上でも行われるのだ。他の四人も、わたしみたいには、わざわざ学校へ来ないのかもしれない。在校生と思われる学生がわたしの脇を校舎へと駆け込んでゆく。手持ち無沙汰だったので鞄から携帯電話をとりだす。携帯電話の時計は8：53を示していた。ということは、そろそろ九時だ。なにせわたしの時計はいつも遅れているのだから。急ぎ足の学生と入れ違いに、白い模造紙を胸の前に抱えた事務員が足早に校舎から出てくるのが見える。わたしはとっさに掲示板の前を開けた。事務員はわたしにむかって軽く会釈すると、掲示板に合格者の受験番号が印刷された用紙を広げて貼り出す。彼女が右端の画鋲《がびょう》を留めたところで、チャイムが響き渡った。学校の時計で九時ちょうど。わたしは自分の合格を知った。事務局の窓口で受験番号と名前を告げると、わたしの名前が書いてある封筒を手渡された。ラウンジの片隅で、封筒に入っていた合格通知とクリップで束ねてある書類を順番にながめる。学生証は入学手続きが済んだら郵送してくれるとのこと。手続きをするのには、学費納入証明書、健康診断書、そして、住民票が必要だという。それらの書類を封筒にいれなおすと、わたしは携帯電話で学校から区役所への経路を検索した。住民票なるものは区役所で手に入れるべきであるというのを自分がちゃんと知っていた、ということに得意になっていたわたしは、自分が外国人であるというのをすっかり忘れていたのだった。

携帯電話の時計は10：52を示していた。わたしは画面左端のアンテナが三本立っているのを確かめるとリダイヤルボタンを押した。

「住民票のことなんですが、わたしの場合、日本国籍ではないので、代わりに外国人登録証になってしまうんです……」

「失礼ですが、お名前をよろしいでしょうか?」

わたしは、抱えていた封筒の宛名に、許笑笑、と書いてあるのをちらっと見て、

「キョ・ショウショウ、といいます。キョ、は、許可するしない、の許。ショウショウは、笑うの笑という字がふたつ」

しょうしょう、という名前を初対面のひとに告げると、必ず、えっ、と聞き返される。それでわたしは、笑う、という字をふたつ重ねるんです、といったり、微笑するの笑がふたつ続くんです、といったり、時には、笑点の笑です、といってからそのテーマ曲を口ずさんでみせたりする。変わったお名前ですね、といわないひととは一度も会ったことがないが、すぐに覚えてもらえるので、わたしは自分の名前を結構気に入っている。

「ああ、キョさん。そうでしたね。もちろん、外国人登録の証明書で大丈夫ですよ」

名前を告げると電話の相手はそういった。きっと、わたしの顔も思い浮かべているのに違いない口調だった。

＊

子どもの頃から思っていた。区役所の壁時計はＪＲの駅にある時計と似ている。時計でしかないような時計。白い文字盤に、黒い数字がなんの飾り気もなく十二等分されている。その時計の短針が11と12の間を示し、長針は6から7に近づきつつあるところだった。

住民票はもらえなかったが、代わりに登録原票の写しというのをもらった。この証明書の正式名称は、漢字がつらつら並んでいて仰々しい。外国人登録原票記載事項証明書。数えてみると十四文字もある。わたしの名前を三回掛けても足りない。間違いがないかご確認ください、係員の声に驚いて顔をあげる。

「記載事項に間違いがないかご確認ください」

係員が繰り返す。わたしは慌ててうなずき、再び証明書に視線を落とす。

氏名、生年月日、性別、登録証明書番号、国籍。さらに在留資格と在留期限。

こんな立派な紙に、こんなにも正々堂々と記載されているのだから、きっと正しいのだろう。ハイ、大丈夫です、と係員に告げると、では三百円頂きます、といわれる。慌ててお財布を出す。お金が要《い》るなんて知らなかった。係員は、手際よく証明書をみっつに折って、役所の封筒にいれてくれる。このひとは毎日のように、だれかの証明書をみっつに折っているのだろうか。ふと思い、わたしは、わたしとおそらく幾つも歳の違わない目の前の係員が、大学の同級生の一人とどことなく似ているなと気づく。その同級生も、この四月から地元の市役所に就職する予定だった。

封筒を受け取りながら頭を下げ、わたしは外国人登録係の窓口に背を向ける。正午が近いからか、役所は込み合っていた。出入り口では、大型のベビーカーを抱えた男性が入ってくるところだった。例の中国人夫婦がおおいに感嘆しそうなほど背が高い男性だった。赤ん坊を抱きながらすぐあとをついていく彼の妻らしき女性も、夫とおなじように大柄だった。家族とすれちがうときに、さきほどのペーパーバックの彼とおなじような香りが漂う。母親に抱かれた栗色の巻き毛の赤ちゃんと目が合う。思わず頰が緩んでしまった。赤ん坊の母親もわたしに気づき、ヘロウ、といいながら子どものちいさな手を左右に揺らしてみせる。赤ん坊は両親とおなじ色の瞳でわたしの顔をじっと見つめていた。建物の外に出てから、彼らも外国人登録係で何かの手続きをするのだろうと思う。あの赤ん坊の在留資格は「家族滞在」なのだろう、とわたしは思いつく。姉とわたしが、かつてそうであったように。受け取ったばかりのわたしの証明書の在留資格の欄には「永住者」とある。巻き毛の赤ちゃんも、わたしとおなじで、日本生まれなのだろうか……いや、両親の母国で生まれた可能性だってある。姉のように。

六歳年上の姉の名は、歓歓《かんかん》という。父は、ひとりめの女の子を、歓歓と名づけたとき、ふたりめも女の子なら、笑笑、と名づけると決めていたと胸をはる。そして「笑」という字が、「笑む」と書くとき「エむ」と発音されるのを根拠に、赤ん坊のことは「エミ」ちゃんと呼ぼう、と周囲に宣言した。

——エミちゃん?

母は、母にとってはあきらかに異国風のその響きを、口の中でなんどもなんども転がした。エミちゃん、と姉は父よりもじょうずに発音した。姉が日本の幼稚園で最初に仲良くなった子の名前も、「えみ」子ちゃんだったのだ。

父と母、それに姉が、エミちゃんと呼ぶので、わたしも自分のことを、わたしといわず、エミちゃんというようになったのだけど、いまだに家族だけで話していると、わたしという代わりに、エミちゃん、といってしまいそうになる。このエミというのが実は愛称で、本名は、しょうしょうであるというのをはっきりと理解したのは、幼稚園に通うようになってからだった。

――あのね、エミちゃんのほんとうのお名前は、きょしょうしょう、なのよ。

教えてくれたのは、父でもなく母でもなく、姉だった。チューリップの形をしたバッジの中の名札に「きょしょうしょう」とマジックインキで書いてくれたのも姉だった。両親の見守る中、姉はおごそかな口調でわたしにいった。

――学校や幼稚園では、ほんとうのお名前をいわなくちゃいけないのよ。わたしは、きょかんかん。エミちゃんは、きょしょうしょう。わかった?

わたしが大きく頷《うなず》くと、父と母が笑った。

――エミちゃんは、おねえちゃんのいうことならなんでも信じるのね。

＊

許笑笑を中国語でいってみる、とリミちゃんは宣言した。

「シュイ・シャオシャオ」

ちがうちがう。わたしは首を振る。

「スウィ・シャオシャオ」

「ううん、Xǔ Xiàoxiào」

風が吹いた。芝生であぐらをかいているわたしたちの頭上で、木々がさわさわと揺れる。日が傾いてきて、少し涼しくなってきた。

「油断してると、風邪引いちゃいそう」

カーディガンを羽織りながらリミちゃんがいう。

「もうお花が咲いているのにね」

わたしたちの背後には小振りな梅の木があった。

「ねえ、知ってる？　春なのに寒いことを、ハルサム、っていうのよ」

「ハルサム？」

「うん。春に寒い、って書いて、ハルサム」

信じられない、という顔をしたわたしに、ほんとだってば、とリミちゃん。

「タマさんが教えてくれたんだから」

「……なら、確かだ」

タマさんは、リミちゃんが介護福祉士として働いているケアセンターにいるおばあちゃんだった。俳句が趣味でリミちゃんはタマさんに暗誦《あんしょう》させられたタマさん作の俳句をときどきわたしにも聞かせてくれる。

「毎年よ彼岸の入りに寒いのは」

「それ、去年もピクニックのときにいっていた。タマさん作?」

まさか、リミちゃんが笑う。それから、どちらともなく後片付けを始めた。紙コップのオレンジジュースはとっくに空になっていた。ハンバーガーショップの紙袋をわたしはまるめ、敷物代わりに広げていた大判の風呂敷をリミちゃんが畳む。わたしたちはもう三時間以上も草の上で話しこんでいた。ふだんはカフェや互いの家で会うことが多いのだけど、毎年この時季は春のピクニックと称してこんなことをする。背中とお尻にくっついた草を払いあいながらリミちゃんがいう。

「でも、エミちゃんが中国語を習うのってなんだかぴったり」

「自分でも、なんでもっと早くそうしようとしなかったんだろうって思ってる」

「エミちゃんはノホホンとしてるものね」

リミちゃんとは、幼稚園のときからの友だちだった。リミ、は、里実と書くのだけど、ほんとうは、リミ、ではなく、サトミ、というのが正しい。

わたしは幼稚園の砂場でリミちゃんに打ち明けた。実は、あたしにはもうひとつ名前があるのよと。エミ？　リミちゃんがわたしの顔をみる。そう、エミ。パパとママとおねえちゃんはあたしのことをエミって呼ぶのよ。まだ、ひらがなだってろくに覚えていなかったくせに、わたしは、笑、という字が、「エむ」ともいう「秘密」を、リミちゃんに教えてあげる。リミちゃんは好奇心に満ちたあかるい瞳でわたしの説明を聞き入ると、いいなあ、あたしも欲しいなあ、秘密のお名前！　といった。わたしはその日のうちに、サトミちゃんっていう子がね、自分ももういっこお名前が欲しいっていってたの、と家族にいったのだと思う。それから何日か経って、はじめてリミちゃんがうちに遊びに来たときのことだった。

――サトミちゃん、自分のお名前を、漢字でどう書くのか知っている？

姉が、妹の友だちにむかってたずねた。リミちゃんがその場ですぐに、里実、とこたえたのかどうかは覚えていない。もしかしたら、そのときはわからなくて、次にうちに来たときだったかもしれない。わたしが覚えているのは、リミちゃんがらくがき用紙のうえに、里実、と書くのを、姉とわたしが感心したことだ。

――えらいね、サトミちゃんは。

姉がリミちゃんを褒めたので、ちょっとくやしかったのを覚えている。リミちゃんは嬉しそうだった。姉はわたしのほうをちらっとみると、ふたたび、リミちゃんにむかっていった。

――ごほうびに、いいこと教えてあげる。サトミちゃんのもうひとつの名前は、リミちゃん、というのよ。

そのとき以来、わたしたちは、お互いのことを、もうひとつの名前で呼び合っている。

そんなリミちゃんが、里実の実の字を、しょっちゅう、美、と間違われるとぼやいた。そういうとリミちゃんは、小林里美さま、と書いてある絵葉書をみせてくれた。

「もう、一年以上、一緒に仕事をしているひとなのに」

わたしは、結婚したばかりのリミちゃんの先輩が新婚旅行先から送ってきたその絵葉書を手に取る。旧姓・西川、日本に帰ったら谷本としてがんばります、と書いてある。

「こう書いてあると、惜しい！　三文字目までは合っているのに！　と思うわけ」

葉書の宛名の、美、の部分を指で覆いながらリミちゃんがいう。わたしは笑う、クイズじゃないんだから。

「他人にとっては、どっちだってたいして変わらないのかもしれないけど、長年、小林里実、として生きてきたせいか、一字違うだけで、どうも自分の名前だという気がしないんだよねえ」

「ということは、同姓同名のひとがいたら、他人とは思えないのかも」

「同姓同名のひとか。会ってみたいね」

「うん、会ってみたい」

リミちゃんではない小林里実ちゃんなら、どこかにいるかもしれない。だけども、わたしではない許笑笑なんて、いるのだろうか。

「中国人よね、きっと」

わたしはリミちゃんの顔をみた。

「エミちゃんと同姓同名のひとがいるのだとしたら、中国の人よね、その人はきっと」

わたしは唸《うな》った。リミちゃんのいうとおりだ。許笑笑は、きょしょうしょう、ではなく、Xǔ Xiàoxiào である可能性のほうがずっと高い。そうであるのなら、許笑笑（Xǔ Xiàoxiào）は、日本語を喋るとは限らない。それどころか、彼女（彼）は、彼女（彼）の姓名が、きょしょうしょう、と発音されることさえ、知ることはないのかもしれない。

リミちゃんの発音した Xǔ は、シュイ、と聞こえたり、スゥイ、と聞こえたりした。ちがうの、Xǔ なのと何度訂正しても、リミちゃんが発音すると、どうしても、シュイか、スゥイに聞こえてしまう。リミちゃんはときどき思い出したように、「許笑笑」を中国語でいってみると宣言する。けれどもしまいにはいつも諦める。

「だめ。あたしは、五十音表に存在する音しか発音できないみたい」

確かに、Xǔ は、わたしたちが小学校の国語の時間に声をあわせて読み上げた五十音表にはない音だった。

「エミちゃんの中には、ちゃんとあるんだもんね」

「そんなことない。わたしは中国語がほとんどできないのよ。いつも、ママやおねえちゃんに笑われているし」

そういう意味じゃなくて、とリミちゃんがいう。

「あたしがいいたいのはね、エミちゃんの中には、あたしの知らない音がたくさんあるんだろうなってこと」

四月から中国語の専門学校に通うことにした、とリミちゃんに告げたのは、まだ日の高い頃だった。フィッシュバーガーとサンドイッチでそれぞれおなかいっぱいになったあと、どちらからともなくあお向けになった。白い雲の浮かんだ春の空は、幼稚園児がクレヨンで描いた絵のようでのどかだった。四月って来週の？　リミちゃんがいった。そう、合格したのも二日前なの。わたしは徐々に伸びてゆく飛行機雲をみつける。リミちゃんが身体を起こした。リミちゃんの栗色のポニーテールの先に、薄桃色の花びらがくっついているのが見える。梅の花だろうか。わたしは手をのばす。摘《つま》んでみると、花びらは、想像以上に柔らかかった。

「エミちゃんは英語も得意だったしね」

「それが、そうでもないの」

リミちゃんは、あたしは勉強なんかもうまっぴらゴメンだけど、と前置きしてから、

「エミちゃんは勉強が似合う」

そういって快活に笑った。

リミちゃんとは五歳から十七歳までほとんど毎日一緒に登下校していた。その頃のように、右に曲がればリミちゃんの家、左に行くとわたしの家という路地の前で手を振って別れる。日はとっぷりと暮れていて肌寒かった。毎年よ彼岸の入りに寒いのは、と呟きながら、リミちゃんの発音しようとしたXǔは、シュイ、や、スゥイ、としか聞こえなかったけれど、逆のこと——Xǔ、という音を、カタカナであらわそうとしていたことが、昔、あったというのを突然、思い出した。わたしは、それを姉としていた。ふたりで、いろいろな音を、カタカナであらわしてみるという遊び。たとえば、姉の名前、許歓歓（Xǔ Huānhuān）は、シュイ・ファンファン、それとも、スゥイ・フアンフアン？　わたしの名前、許笑笑（Xǔ Xiàoxiào）の場合は、シュイ・シャオシャオ、あるいは、スゥイ・シアオシアオ？

もちろん、もとの音が、そもそもカタカナであらわせないように出来ているので、正しいのはどれだ、などというのはないのだけど、わたしたち姉妹は飽きずにずっと、その音に最も近しいカタカナ音を捜してあてはめる作業を続ける。それは、友だち——リミちゃんとだって——とは絶対にできない。わたしたち姉妹だけの特別な遊びだった。

＊

姉の夫を、中国語では「姐夫（jiě fū）」という。わたしは冗談めかして、

「ジェフは元気？」

電話のむこうの姉にいう。だれよそれ、という姉の呆れ顔が目に浮かぶ。

「瀬戸さんなら元気よ。春休みで子どもたちはいないけど、あいかわらず慌しくしているわ」

姉の夫である瀬戸さんは、小学校の先生だった。五年生を担当している。姉たちの新居には、結婚式のときの家族写真と共に、瀬戸さんの担任しているクラスの子どもたちからの寄せ書きが窓辺に飾られていた。先生おめでとう、幸せになってください、といった言葉のなかに、ひとつだけ「祝贺瀬戸老师和许老师的结婚！恭喜恭喜」と、中国語のメッセージがあった。書いたのは、薛莉莉《せつりり》ちゃんという女の子だった。薛莉莉ちゃんは、二年前、瀬戸さんが担任をしているクラスに転入してきた。瀬戸さんのクラスの子どもたちは瀬戸先生の結婚相手が姉だと知ると、なんだぁ、それって莉莉の先生じゃんか、といったそうだ。

大学の中国語学科を卒業し、日本語教師の養成学校に通っていた頃から、姉は、子どもに日本語を教えたいとよく話していた。

――正直いって、おとなに教えるというのにはあんまり興味がないの。わたしは自分の意思とは関係なく、突然、日本で暮らさなくちゃいけなくなった子どもたちの力になりたいのよね。

薛莉莉ちゃんが、まさにそういう子どもだった。料理人であるおとうさんが知人の経営する中国料理屋で働くことになったので、日本にやってきた。両親から渡日を知らされたのは、そ

の二ヶ月前。日本語は一言も話せなかった。そこで、薛莉莉ちゃんの母語である中国語が堪能な姉が、薛莉莉ちゃんの学校へと派遣されることになったのだ。養成講座を修了したばかりだった新米日本語教師の姉にとって初めてのお仕事だった。

——緊張しちゃう。まるで、わたしが転入生になったみたい。

初仕事の前夜、姉が始終、そわそわしていたのを覚えている。幸いなことに、姉と薛莉莉ちゃんは相性がよかったようだ。毎週二回、国語と道徳の時間に、姉と薛莉莉ちゃんは図書室で集中的に日本語を勉強することになった。週二回、二時間足らずの授業のために、姉は毎日、薛莉莉ちゃんのための教材作りにいそしんだ。わたしも、姉がつくった教材にクーピーで色づけする手伝いをした。塗り絵遊びのようなその作業がわたしはいやではなかったし、あんたが色を塗ってくれた絵、莉莉ちゃんが喜んでたわ、と姉にいわれるとついつい嬉しくなって余計にはりきってしまう。新しいクーピーのセットを買いそうになったぐらいだった。わたしたち姉妹がリビングのテーブルに陣取って薛莉莉ちゃんのための教材をつくっているのをみて母がからかう。まるで学校ごっこね。おねえちゃんが先生役、エミちゃんが生徒。ちっちゃいときから、あなたたちは、いつもそうやって遊んでいたものね。

——ママ、ごっこじゃないわ。おねえちゃんは、本当にセンセイなのよ。

姉も、そうよそうよ、遊びじゃないのよという。あら、と母。だってほら、昔、エミちゃんがおねえちゃんのつくった教科書を一生懸命読んでいたのを思い出して。含み笑いをしながら母はいう。

――エミちゃんは、ひらがな、おねえちゃんに教えてもらったんだもんね。

そうだった。父の銀色のボールペンを鞭《むち》の代わりに、姉は壁に貼った五十音表をひとつひとつ差しながら、わたしに、あいうえお、かきくけこ……と教えてくれたのだった。

――おねえちゃんは、あの頃からセンセイになる練習をしてたのね。

姉は、わたしが色を塗り終えた教材をホチキスで留めながらあいまいに笑った。姉は、始めたばかりの仕事に対して決して自信満々で臨んでいたわけではなかったのだ。今日も莉莉ちゃん、図書室に移動したとたん、中国にいたときのことを喋り出してね。余計なおしゃべりは遮って勉強させなきゃ、とも思ったんだけど、嬉しそうに喋っているのを聞いていると、それを黙らせて無理やり勉強させるのがかわいそうになってくるの。だってご両親も忙しくて、お家では夜遅くまでひとりぼっちだっていうのよ。わたし、こんなんじゃ先生失格かなあ……そう呟いていたこともあった。だからこそ、薛莉莉ちゃんの学校に行くようになって一ヶ月ほど経ったとき、

――許先生が来ると、莉莉の表情が、明るくなるんです。

薛莉莉ちゃんの担任の先生がそういってくれたの、と照れながらいったときの姉は心底嬉しそうだった。その先生は、姉が迷っているのを見抜いて励ましてくれたという。

――莉莉は、ふだん、ことばがわからない中、必死にがんばっているんです。だから許先生

も、日本語を教える、というよりは、中国語でたくさん莉莉の話を聞いてあげてください。それが、莉莉にとって次もがんばろうって力になるんですから……

よかったね、とわたしは姉にいった。莉莉ちゃんは、いい先生と出会えて。すると姉が、あたしもよかったわ、と片目をつぶる。

「そういえば、入学手続きは済んだの？」

「そうみたいね」

「まるでひとごとね……入学式はいつ？」

「いつだったかな」

姉が嘆息するのが聞こえる。まったくエミちゃんはノンキなんだから、と子どもの頃から何百遍もいっていたことをいう。

わたしは、姉に中国語を習ってみようかな、といったときのことを思い出す。

——ほんとうに？

信じられないというニュアンスの滲《にじ》んだ声だった。わたしはおかしくなった。

——どうしてそんなにびっくりするの？

だって、と姉はいった。

——エミちゃんは、中国語になんてまるっきり興味がないとばかり思っていたわ。おねえちゃんと違って？　いおうとして呑み込む。すると姉が、

――でも、なんだって急に？

――わたしだって中国語を喋ってみたいし、書いてみたいもの。

わたしとしては、特に、思いを込めてそういったわけではないけど、すこしのまのあと、受話器のむこうで、そうよねと呟いた姉の声は、わたし以上に真剣味を帯びていた。

――そりゃあ、そうよね。あなただって……

思えばあのときは、まだ、ほんの軽い気持ちだった。中国語でもやってみようかな、というぐらいの。本格的な中国語の専門学校に入るだなんて、思っていなかった。

「わたし、中国語を一文字も知らないのよ。学校に通って、イチから教わるんだって思うとワクワクしてしょうがないの」

「そうね。ともだち百人できるといいわね」

姉ときたら、わたしを何歳だと思っているのだろう。わたしが言葉につまっていると、

「エミちゃんなら、きっと、いっぱい友だちができるわ」

「やあね、おねえちゃん。勉強しに行くのよ」

受話器のむこうで姉の笑うのが聞こえた。確かに、小学校にあがるまえも胸が弾んだ。ランドセルを買ってもらった日は、ほんとうに嬉しかった。姉が背負っているのをみて、自分も早くランドセルが欲しいといつも思っていたのだから。姉との電話を終え、四月からはどの鞄で通おうかと思う。心機一転、新調しようかなとも思う。それに、四月といっても、もう一週間

もないのだ。わたしは、専門学校の名前が印字されている例の封筒をとりだした。入学式の案内をみると、式の当日に教科書を販売する、と書いてある。真新しい教科書を思い浮かべて胸はますます高鳴る。中国語には、ひらがなにあたる文字があるのだろうか、と思う。ピンインという発音記号はあるけれど、ピンインはひらがなとはちがうな、と思い直す。発音記号はただの発音記号だもの。漢字と共に、ひらがなとカタカナが堂々と織り込まれている日本語と違って、中国語は漢字だけが連なっているのだから。

——祝贺濑户老师和许老师的结婚……

はじめ、小学生が書いたとはとても思えなかった。端正な文字だった。わたしの字よりおとなっぽいね、といったら、姉だけでなく瀬戸さんも笑ったのだった。

——僕なんかがみたら、あっというまに日本の生活に馴染んでいるように思えるけど……きっと、僕らのようなふつうの日本人には想像もできないような苦労があって必死でがんばっているんだろうね。

そういいながら瀬戸さんが姉に目配せするのだが、姉はわざとちがうほうをむいてわたしと母にお茶をいれる。わたしは、その端正な中国語の文字を書いたおなじ人物が日本語で書いた文字を思い出していた。

——きょせんせい、ありがとう。だいすき。せつりりより。

ぎごちなくはあるけれど、ひとつひとつを懸命に書いた、というのが伝わってくる文字だった。すごい、わたしは嘆息した。

――莉莉ちゃんって、日本語がぜんぜんできなかったよね。おねえちゃんが教えたから、この手紙も書けたってことじゃない？

わたしがそういうと、姉は肩をすくめて、まあね、と笑う。子どものときから、照れるといつも、姉はそうするのだった。この手紙は宝物ね、わたしがいうと、もちろんよ、と姉はうれしそうにうなずく。今度は母が手紙を手にとった。

――いい子。

手紙の文字を読み終えると母がいった。わたしたちはびっくりして母のほうを振り返った。母が、涙声になっていたからだった。鼻を啜《すす》りながら母は続けた。

――とってもいい子。おねえちゃん、いいおしごとみつけた。よかったね。

泣くことないじゃないの、と呟いた姉の声も心なしか震えていた。

＊

卒業式は、毎年やってくるわたしの誕生日と偶然にもおなじ日付だったので、わたしは卒業すると同時に二十二歳になった。

――おきょうは、受験生だっけ？

大学の仲間の一人、サエキくんがいう。このひとたちからわたしは、おきょう、と呼ばれていた。そうよ、わたしはサエキくんにむかって胸をはる。えっ、受験？　クラタがグラス片手にわたしとサエキくんの間に割り込む。クラタの頬をわたしは突き、社会人になったらお酒を控えるのよ、とからかう。話が逆だぜ、クラタは立ち上がる。

——これからは厳しい社会で酷使されるんだ。酒を飲まなきゃやってられるか。

わっとみんなが盛り上がる。そりゃね、と仲間内で最も毒舌だと評判のリンコさんがいう。

——大学生なんて最もろくでもない存在なのよ。特に、わたしたちみたいな文系の学生はね。

そうだそうだ、これからは社会に貢献するぞ、アラケンが大声でいう。わっと笑い声があがる。それにこのご時世、仕事があるってだけでもありがたいと思わなきゃあ。個室の扉が開き、金色の髪をした従業員が、空いているグラスをおさげします、という。クラタが、おうおう持ってけ持ってけ、と片手を振る。酔っ払いなんです、ごめんなさいね、と金髪の従業員にむかってあやまるアッちゃんも今日は顔を赤くしていた。わたしは立ち上がって、後輩たちがくれた人数分の花束をまたぐ。何かにつまずいたと思ったら、だれかの卒業証書が入った筒だった。ごめんだれかのを蹴っちゃった、といったわたしに、気にしなくたっていいわよ、リンコさんがみんなに聞かせるように声をあげる。

——卒業証書なんて、形だけのものなんだから！

みんながはしゃぐ声を背にし、個室から出る。靴箱の脇に、店の用意した履物《はきもの》が並べられている。いちばん小さそうなのを選んでつっかける。踵《かかと》が高かった。転ばないように気をつけて化粧室へとむかう。お店の名前が印字された幟《のぼり》が立てかけてあるのが目に入る。どこにでもあるチェーンの居酒屋だけど、こんな店名だから自分と無関係だとはとても思えない。今日も卒業式の真っ最中なのに、早くおきょうの店に行きたい、とクラタがしきりにいうのでみんなで笑いをこらえるのに必死だった。

——なにひとりで笑ってんの。

驚いて顔をあげると、ヤマシタだった。わたしは上気した頬を両手でおさえる。

——あいかわらず、いつも楽しそうだね。

ちょうど店の出入り口で暖房が効きにくいのか、急に涼しい。

——受験するんだって？　勉強、忙しい？

勉強なんて、わたしは小声になる。

——試験といっても、面接と作文だけだから。そんな、特別な勉強はしないのよ。

そうか、とヤマシタは呟く。肌寒さと尿意とで早くその場を去りたかったが、ヤマシタはまだ何かいいたそうにしている。

——俺はいいと思うよ。

もったいぶったようないい方だった、ヤマシタらしい、とわたしは思う。

——十三億人だろ。ってことは、世界の人口の五人に一人が話していることになるのか。

ヤマシタが何をいっているのか、わたしははじめわからなかった。

――確実に役立つだろうな、中国語なら。

寒い。ヤマシタの横から吹き込む外気がいよいよ冷たかった。わたしはそわそわと両腕をさすりながら、

――役になんか立たなくたっていいのよ。

ヤマシタのほうを見ずにいった。面白そうだからやってみようと思っただけ。

ヤマシタが、声をたてずに笑う気配がする。

――おめでとう。

――え？

――今日、誕生日だろ。

ありがとう、といったとは思う。がんばれよ、という低い声が背中で聞こえたような気もしたけど、わたしは早くおしっこがしたいのでいっぱいだった。

化粧室で手を洗いながら、お酒のせいで潤んでいる目を瞬《また》かせる。二十二歳。ヤマシタも他のみんなも、四月から社会人になる。わたしはちがう。わたしは、外国語を学ぶために学校へ入ろうとしていた。

＊

　初めて外国語を学んだのは、十二歳のときだった。英語がそうだった。だけども中学生になったばかりのわたしにとっての英語は、どちらかといえば、数学や国語、社会に理科といった学校で習う教科のうちのひとつだった。わたしだけでなく、まわりでも、英語が外国語である、と意識しているひとは少なかったように思う。だからこそ、中学校における英語の成績のよしあしで外国語を学ぶ才能のあるなしを測るというのは、とても危険なもの。というのも、わたしは、十二歳のとき以来英語の成績がわるくなかった。いつも英語の教科書を丸暗記してから定期テストに臨んでいたからだった。おかげで、定期テストでの英語の成績が学内で十番以内ということもなんどかあった。ところが、範囲の定められたテストでなら点数がとれるのに、学力テストとなると、わたしの成績はがたっと下がる。自分には英語の才能ではなく丸暗記の才能があるだけだというのをとっくに自覚していたので、得意な科目を聞かれても英語とこたえたことはない。そういえば英語で自己紹介を書くという課題が出たときのこと。名前、年齢、好きな色や食べ物、それに好きな科目でもいいわね、と英語教師が艶《つや》のあるあかるい声でみんなにいう。わたしは、名前、年齢と、さっさと書き込む。好きな科目にとりかかろうとして手がとまる。どうしても思いつかない。

——先生！

肉付きのいいお尻を揺らしながら歩いていた英語教師が、手をあげたわたしを振り返る。

——国語って、英語でなんていうんですか？

英語教師は、一瞬、まをおいてから、

——English。

——English?

ちがうちがう、とわたしは首を振る。

——だって、English は英語のことでしょう。わたしは、国語の英語の言い方が知りたいのです。

いいながら、国語の英語の言い方、ってヘンな日本語だなと思う。英語教師は、あら、と目を大きく見開き、

——あのね、あちらでは英語が「国語」なのよ。

英語が国語？　混乱しているわたしのおでこをこづきながら、

——日本語が「国語」なのは、日本だけなのよ。

英語教師は陽気に笑った。それから彼女は、ちょっと注目、と他のひとたちの顔もあげさせてから、

——Japanese is my favorite school subject.

チョークで黒板におおきく書いた。

Japanese! 「国語の英語の言い方」を生まれて初めて知った瞬間、目眩《めまい》を覚えるような驚きを感じた。そのときほどではないが、大学の新入生向けオリエンテーションのときも似た目眩を感じた。十八歳になったばかりのわたしは、第二外国語という言い方がまるで空港みたいだと思っていた。第一ターミナル、第二ターミナル。第二外国語とは、英語以外の外国語だという。シラバスと呼ばれる表紙のざらついた冊子によると、大学で習うことができる第二外国語は、フランス語、ドイツ語、スペイン語、ロシア語、韓国・朝鮮語、そして、中国語。わたしは、これらの「第二外国語」が、それぞれ、どこかの国では国語と呼ばれているのかと思うと、ふいにクラリとした。それから、きっとそれらの国々の大学生がもらう「第二外国語」のリストの中には、Japanese が含まれているのかもしれないとも思った。おちつかない心地でシラバスを捲《めく》りながら、注意、と欄外にあるのをみつける。英語の単位を余分に履修すれば第二外国語の単位はとらなくてもいい、とあった。わたしはふたたび、リストアップされている第二外国語を確認する。確かに英語はない。なるほどな、と考える。第二があるからには、必ず、第一があるものなのだものね。そして、わたしたちにとっての第一外国語は、要するに、英語のことなのか。第一外国語、とはだれもいわないけれど。ともかく、まずは第二外国語を選ばなくてはならなかった。

——中国語にしたらいいじゃない。

大学を卒業し、日本語教師養成学校に通いはじめたばかりだった姉がいう。うん、とわたしは口ごもる。

——それが、中国語はよそうと思うの。

中国語の授業が行われる初日、教室に溢れている熱気にわたしは怖気《おじけ》づいてしまったのだった。その日わたしは、他のひとたちが、第二外国語を選択する際に単位のとりやすさ、とともに重視しているのが、将来就職活動をするうえで武器になるかどうか、という点であるのを知った。その意味で「世界の人口の五人に一人が話している」中国語はすこぶる人気だった。英語はできてあたりまえ。その上で中国語もできるのなら絶対に有利。就職するときに武器にならないわけがない。口々にそう話すひとたちの確信に充ちた態度に、何も考えていなかったわたしは、気おされてしまったのだった。

——そういうひとだっているわよ。むしろ、そういうひとのほうが多いかもね。

姉は、上海と台北に数ヶ月ずつ留学したことがあった。

——だって、あまりにも露骨なんだもの。有利であるからとか、武器になるから、だなんて。まるで、役に立たないことは一切しません、って宣言しているようなものじゃない。

——そりゃあ、役に立たないよりは立ったほうがいいでしょうよ。わたしのところの日本語学校の学生さんたちだって、なんの役にも立たないのならわざわざ日本語を勉強しようとしないわよ。

姉の通う養成学校には、日本語学科が併設されていた。わたしは親指の爪を噛《か》む。

――でもわたし、武器なんていらないな。戦争するわけでもないのに。

姉はわたしの額をこづいた。

――贅沢よ。だれもがみんな、わたしたちのように「戦争」に参加しないでいられるわけではないんだからね。

姉のいわんとしていることが突き刺さる。進学を希望していたが、お父さんが倒れてそれどころじゃなくなり、結局、就職を選んだという友だちを思い出したのだ。彼は、三人きょうだいの長男でいちばん下の妹はまだ小学生だった。

――まあ、わたしだってひとのことはいえないんだけど……

黙りこんだわたしを慰めるように姉はいう。

――でも、たとえば、しなくてもいい苦労をあえてするというのもおかしな話なのよ。それよりも、自分に与えられた境遇をどんなふうに生かすかということに一所懸命になったほうが、よっぽどまっとうだと思わない？

マットウ？　わたしは復唱する。そう、マットウ、というと姉はにっと笑ってから、

――つまり、あんたはあんたなりに、自分で納得の行く大学生活を送ればいいと思うのよ。

――你們在聊什麼天？

あんたたち、さっきからなにをお喋りしているの、と母が中国語で口を挟んだ。そういえば、

とわたしは思いつく。母にとっての中国語は、第二外国語では絶対にない。ましてや、第一外国語でもない。母国語だ。わたしは母にたずねた。

——ママって、第二外国語、なんだったの？

ダイニガイコク……？　母が、わたしの日本語をたどたどしく復唱する。姉が中国語で説明する。大学生のとき、英語以外で何か習わなかった？　母は、ああと顔を輝かせる。そして、

——にほんご。

といった。にほんご？　わたしたち姉妹は顔をみあわせる。にほんご？　姉がいう。にほんご、と母は自信たっぷりに胸をはる。

——おじいちゃんのおすすめ。

知らなかった、と姉が呟く。そうね、とわたしもいう。もっと真剣にやっておいたらよかったのに。姉妹揃って嘆息していると、あのときはやがて日本にくるなんて思いもしなかったもの、と母は笑い飛ばした、台湾語で。

——ヒズン、ボー・シュン・ティオ・ウベ・ライ・リップン。

ほんものの日本語が響く世界で生活しなければならなくなったとき、母にとって、大学の第二外国語のクラスで履修した日本語の知識は、ほとんど何の役にも立たなかった。わたしは、小学生だった姉が連絡帳に書かなければならない保護者からのことばを、母の代わりに書いていたのを思い出す。それはまるで聞き書きだった。母は自分のことばが姉の翻訳によって日本

語に書き換えられるのを、満足そうに眺めていた。

——長大以後,

(おとなになってからね)

と母はわたしたちに言う。

——才開始學新語言, 那可非常辛苦。

(あたらしい言語を習得するのは大変)

それから母は姉の頭をくしゃりと撫でると、だからね、という。

——媽媽有困難的時候, 你們可要幫助媽媽!

(ママが困ったら助けてね!)

姉がこっくりと頷くので、わたしも真似して頷く。ハオグァイ、ハウグァイ、と母はわたしたちの頭を順番に撫でながら、いい子、いい子、と台湾語でいう。

＊

ハオグァイ、と聞こえたのでわたしはどきりとして声のほうを振り向く。うららかな春の昼さがりだった。蓮の葉が浮かぶ池の畔《ほとり》は、百年ほど前は、ほうぼうから都会にやってきたひとびとが長旅の疲れを癒すために休む宿屋が建ち並んでいたという。

寒い日が続いていたが、その日は急に気温があがった。半ば陽気に浮かれて、わたしはぶらぶらと歩き、その池の畔にたどりついたのだった。

インド人だろうか。ベンチで缶コーヒーを啜っていたら、黒や灰のサリーを身に纏《まと》った女たちが近づいてくるのが見えた。みな、ちいさな子の手を引いていた。よくよく目を凝らすと、彼女たちのすこし前のほうでは、彫りの深い顔の男たちが、日本人やアメリカ人とかわらぬ服装で歩いている。一族だろうか、と思う。東京観光の旅にちがいない。かつて、日本全国津々浦々からひとが集まってきたというこのあたりは、いまや、異国からやってくるツーリストで賑わう。インド風の大家族は、おおきい子どももちいさい子どもとがもつれあうように、楽しげに過ぎてゆく。おとなの女たちのサリーが、ゆらゆらと揺れる。彼らが、英語と、英語ではないなにか別の旋律の言語を織り交ぜながら喋っているのが耳に入る。インド人、と思ったけれど、そうとは限らない。あるいは、インドの人が話す英語は、わたしが学校で習った英語とはちがう響き方をするのかもしれない。

子どもの頃、街角で外国語が聞こえてくると、いつも耳をそばだてた。まだ英語を知らなかった頃は、英語とほかのことばの区別がつかなかったので、外国語といえば、日本語そして中国語と台湾語以外のすべてのことばだった。それ以外のことばであれば、なんだってよかった。わたしにとって未知の言語の旋律が耳をかすめると、いつも楽しくなった。知らないことばはどうしてそれだけで胸を高鳴らせるのだろう。サリーを纏った女たちが少しずつ遠のいてゆく。

かれらの長閑《のどか》な大移動をみやりながら、もしかしたら、わたしが日本語以外のことばに対して感じるように、日本語を未知なる調べとして愉しむひとというのがどこかにいるのかもしれないと思う。生まれてから死ぬまで、一度も、日本語を聞かずに終わるひとたちは、確実に存在しているのだから。

ママ、ジュース買ってよお、と叫ぶ男の子の声が軽やかに響く。わたしは空き缶を片手に立ち上がる。空き缶捨て場へとむかう。その途中だった。わたしは息を呑んだ。

——ハオグァイ！

（おりこうさん！）

声のしたほうを、わたしは見た。家族連れだった。父親に母親、それに五歳ぐらいの女の子と、よちよち歩きの……男の子と女の子、どっちだろう？

母親に手を引かれ、やっと歩いているほうの子は、畳んだベビーカーを抱えた父親のそばを弾んだ足取りで歩いている女の子の、弟にも妹にもみえる。

——那個娃娃跟我們娃娃差不多！

（あのおうちの赤ちゃん、うちの赤ちゃんとおなじぐらいのおおきさね！）

女の子が叫びながら指さしたのは、なるほど、彼女の弟（妹？）とおなじぐらいのおおきさの子どもをのせたベビーカーだった。

——不行！　你不能用手指人家！

（ダメダメ、ひとのことを、指さしちゃだめよ）

女の子を、母親がたしなめる。

——可是……

（だって……）

——不行！　ティアウーボ？　グァイグァイ。

（だめなのよ。わかった？　いい子にしなさい）

グァイグァイ、いい子にしなさい、と、確かに聞こえた、とわたしは思った。

——累了。

（疲れたな……）

一家の主であろう男性は、片手で抱えていたベビーカーを地面においた。

——好，我們休息一下！　娃娃要不要換尿布？

（よし、すこし、やすむか。赤ちゃんのおむつは平気？）

よちよち歩きのわが子がぱたっと転びかけたところをうまく抱き上げると、子どもたちの母親は、彼女のおおきいほうの子どもにむかって声をあげる。

——ウベ、ニャオニャオボ？

（おしっこは？）

中国語に、ときおり台湾語の織り交ざった若い四人家族の会話を、わたしはぼおっと聞き惚

れていた。ことばの混ざり方が、配分率が懐かしかった。だから、

——アノ……

一家のお父さんが、話しかけてきたときにはびっくりしてしまった。

——アノ、ウエノノドウブツエン、ドウイキマスカ？

道を聞かれているのだと気づくのにすこし時間がかかった。日本語である、というのを受け入れるのにも。エット、とわたしはぎこちなくいった。えっとですね、ドウブツエンはですね、といおうとしたのに、

——你们是台湾人吗？

（あなたがたは、台湾人ですか？）

中国語が口から滑りでていた。

——是啊，我們是台灣人。

（そうです、わたしたちは台湾人です）

——我也是台灣人。

（わたしも、台湾人です）

彼が目を輝かせる。赤ん坊をのせたベビーカーを押して近づいてきた妻にいう。聞いたかい？　彼女、台湾人なんだって。まあ、ほんと？　夫とおなじように彼女も驚きの声をあげる。

——我以爲你是日本人呢！　沒想到你是台灣人。

（日本人かと思いましたよ、台湾人だったとは）

夫婦は交互に口を開く。

——那麼，你也是來觀光？　還是在這裡讀書什麼的？

（では……あなたも観光ですか？　それとも、留学かなにか？）

観光、の中国語、guān guāng、という音と、べんきょう、の中国語、dú shū、という音の意味が把握できず、わたしは急に焦った。それで思わず、

——I'm sorry, please say it again!

夫婦は不思議そうに顔をみあわせた。旦那さんのほうが、わたしよりもはるかに流暢な発音の英語で聞き返してくる。何故？　あなたは台湾人ではないのですか？　わたしは、わたしの両親は台湾人ですがわたしは日本で生まれ育ったのです、といった。台湾人である彼らにむかって、台湾人であるわたしが英語で自分自身について説明しているのは、どこか滑稽だなと思いつつ、他になす術がなかった。夫婦は興味深そうにわたしの英語に耳を傾けていた。Anyway、わたしは夫婦にむかって大げさに自嘲してみせる。わたしは中国語よりも英語のほうがうまく喋れるのです。夫婦はひかえめに笑った。可是（しかし）、と旦那さんが中国語に切り替えていう。

——可是，你會說〝我是台灣人〟呀！

（しかし、あなたは、〝わたしは台湾人です〟といえました！）

わたしは肩をすくめた。

——I can speak Chinese a little……

一息置いてから、a little を意味する中国語、一点点（yìdiǎndiǎn）、というと夫婦は声を揃えて笑った。駆け回っていた彼らの娘が息を弾ませながら戻ってくる。見知らぬ人間と話し込んでいる両親にむかって、

——快點去看大熊貓了！

（はやく、パンダをみにいこうよ！）

とせがみはじめる。かのじょの母親が、等一下（ちょっと待ってて）と彼女の頭をぽんぽんと撫でる。わたしははっとして、

——動物園……

（動物園は……）

いいかけてから、自分が動物園を意味する中国語を知っていたことに自分で驚いた。

——上野動物園なんかに行かなくたって、許家にきたら、パンダが二頭もいる。

そういっていたのは、徴兵を終えて日本に遊びにきていた叔父さんだった。叔父さんは、おまえたちはパンダの姉妹だと姉とわたしのことをからかった。パンダってのは大体、童童（トントン）とか優優（ユウユウ）とか、同じ漢字を二つ重ねた名前がつけられるだろう。だから、歓歓（ファンファン）と笑笑（シャオシャオ）もパンダの仲間だ、と。わたしたちは叔父さん

が好きだったのできゃっきゃっとはしゃぐ。それにしても俺たち台湾人が、パンダを拝むために日本に来るっていうのも皮肉だよなと叔父さんが母にいう。それをきいていた小学生の姉が口を挟んだ。台湾にもパンダはいるはずよ。だって学校の先生がパンダのふるさとは中国だっていってたもの。おとなたちは顔をみあわせた。ややあって叔父がいった。歓歓、台湾は中国じゃないんだ。

十年以上前に聞いたきりの動物园、という中国語を自分が覚えていたことに驚きつつも、道案内はけっきょく英語になってしまった。相手もごく自然な調子で、I see、OK、と英語の相槌《あいづち》をうつ。

——……you can't miss the Zoo……動物園！

わたしがいいおえると、

——Thank you！……ドウモアリガトウ。

彼はニッコリと笑った。わたしは、またおもいついて、不客气、と、中国語で、ドウイタシマシテ、という。ハハハ、と若い父親が声をあげて笑う。もはやどんなことばがとびでてくるかわからないですね、という。わたしも笑う。Have a nice trip！それから、バイバイ、と、小さな「おねえちゃん」に手を振った。幼女は一瞬、両親の顔を見あげるのだが、唉，你應該說什麽？　ほら、ご挨拶は、と父親に促されるとわたしをじっと見あげ、バイバイとこたえた。愛くるしい瞳だった。突然思い出す。ベビーカーを示しながら、

——弟弟还是妹妹?

(弟? それとも妹?)

女の子に聞いた。聞きながら、弟を、ディディ、妹を、メメ、と尻上がりに発音するのは、中国語ではなく台湾語だったかもしれないと思う。わたしには、それが中国語なのか台湾語なのかはっきりと区別できない単語が多いのだが、特にこういう家族の呼び方となるといつも混乱する。しかし、台湾人の女の子にはちゃんと意味が通じた。彼女は、愛らしい瞳を光らせ得意げにわたしに告げる。メメ! そうか、ありがとうとわたしは女の子にいってから彼女の両親にむかって、两个都和好可爱、という。二人とも可愛い、というつもりの中国語はちゃんと通じたようで、女の子の両親は快さそうに微笑を浮かべている。

家族に手を振って別れようとしたとき、

——她叫〝Xiàoxiào〟。

(この子はね、シャオシャオ、っていうの)

どこか誇らしげな口調で女の子がいった。

——え?

——我妹妹的名字是〝Xiàoxiào〟。

(あたしの妹の名前はね、シャオシャオっていうの)

彼らが行ってしまったあとも、わたしはしばらく池の畔で立ち尽くしていた。すぐそばにあった低い木で可愛らしい花がちょこんと咲いている。梅だろうか。白い花びらが日に透けてまばゆい。春が、ほんとうに近い。她叫〝Xiàoxiào〟と叫んでいた女の子のことばが胸の中で震える。唐突に、中国語を習ってみようかなと思った。

＊

専門学校の授業は、月曜日から金曜日まで毎日あった。第一時限の開始が九時だったので、エミちゃん起きられる？　と母がからかった。大学の、特に最後の一年間、わたしは毎日、昼過ぎまで眠っていた。起きられますわよ、わたしは母にいう。

――お忘れですか？　高校三年間、無遅刻無欠席でしたのよ、あたくし。

お忘れました、母がわたしをこづく。中国語を習いたいと思ってインターネットで検索していたら、大学の最寄り駅にある学校をみつけた。翌日、定期券でどんな校舎なのか見に行ったところ、庭園を背後に控えたその校舎がたちまち気に入った。しかも、事務局にたずねたら、今なら全日制のコースの補欠募集にまにあう、とのこと。わたしの四月からの予定は白紙だった。それならば、月曜日から金曜日までここに通おう、と思った。専門学校に行きたいというと、姉を含めて家族はみんな、一瞬あっけにとられていた。それが中国語の専門学校だと知ると、わるくないんじゃないのと母が父の顔をみた。姉は、試験の内容が作文と面接であると知

ると、

——エミちゃんは、作文と面接だけで人生をきりひらいてゆくようね。

わたしは、高校は推薦入試、大学のときは指定校推薦と、いつも作文と面接の試験で進学をしてきたのだ。それにこの専門学校に入ったらね、家族にむかって続ける。

——二年生のときに、短期留学ができるのよ。

期間は、四週間から六週間。行き先は、中国——北京か上海だった。留学中だった姉をたずねて上海に旅行したときのことを思い出しながら、

——今度は、みんなでわたしに会いに来たらいいわ。

というと、母と姉が同時に吹き出した。まあ、と父が口を開く。

——エミちゃんが、それが一番したいならば、それをするのがいい。

わたしは、たぶん、ぱっと顔を輝かせたのだと思う。反対されるとは思っていなかったが、とても嬉しかった。パパありがとう、がんばるというと、父は小さいときからずっとそうしてくれていたようにわたしの頭をくしゃりと撫でた。

ひとつの学年を終えた修了式から次の学年の始業式までのあいだの短い休暇は、それが、春、という名のつく休みであるせいか、毎年奇妙なほどうきうきする。特に、休みが終われば、それまで通っていた校舎ではなく別の校舎に通いはじめるというようなとき。専門学校の試験に合格したあとの数日、わたしは歴代の春休みの記憶が全身に蘇ってくるのを感じていた。姉が、

そんなわたしに鞄をくれた。姉が日本語教師養成講座に通っていた頃につかっていた、とても丈夫な革製の鞄だった。

＊

初回の授業での自己紹介のとき、名前をいったとたん、その場にいた誰しもが好奇心をもってわたしを見つめているのがわかった。それもそうだ、だれがどうみたって日本人の名前じゃないのだから。さて、どうしたものかと思いあぐねていると、

「とてもいい御名前ですね」

担任の教師である張《チャン》先生が助け舟を出してくれた。張先生は耳に心地よいやわらかな声で、

「キョさんの『许』という苗字は、中国語だと、許すという意味の他に、称賛するという意味があるので、『许笑笑』は、そうね、『大いに笑いましょう』という感じかしら。日本の諺《ことわざ》にもありますね。笑う門《かど》には福来《きた》る。とてもよい御名前です」

感嘆の溜息が洩れる。勢いづいてわたしは、

「小さい頃、わたしが泣いたり怒ったりしていると、両親がからかうんです」

注目されているのを肌で感じた。心臓の動きが速くなる。でもここまできたらやめられない。

「哎呀，笑笑不笑，笑笑在哭！」

（あらあら、笑笑が笑っていない）

わたしの自己流の中国語が響く。同級生たちは、声をたてることなく、わたしと張先生のほうを見守っている。

「それでは」

張先生が微笑しながら口をひらく。

「キョさんのお父さまとお母さまは……」

台湾人です、とわたしはいう。

「わたしは日本で生まれ育ちました」

なるほど、と誰かが呟いた。教室に笑いが広がった。

同級生のほとんどが、わたしより年下だった。多いのは、高校を卒業してすぐに入学してきたひとたち。あとは仕事を辞めてキャリアアップしてから再就職を目指す社会人が何人か。最年長は、一昨年、会社を定年退職したという男のひとだった。わたしは、台湾ドラマが好きで中国語をはじめたという社会人学生の由美子さんと親しくなった。姉よりひとつ年上の由美子さんは、わたしよりもはるかにずっと台湾に詳しかった。そんな由美子さんとわたしは、発音の練習のときに、

——もう少し、舌を反らして。

と注意を受けることが多かった。台湾で話されている中国語は、おなじ中国語でありながら、

中国大陸の中国語と比べるとあまり舌を巻かない。たとえば、zhī, chī, shī, rī、という音を無理やりカタカナであらわすとしたら、台湾では、ヅー、ツー、スー、ルー、となるのだが、中国だと、ヂー、チー、シー、リー、となる。張先生は、

――もちろん、台湾で話されている中国語も本物の中国語であることは変わりません。わたしには台湾の友だちが何人もいて、いつも楽しくお喋りしています。ただ、外国語として中国語を学んでいる方が発音の段階でそれを混乱させてしまうのは、よいことではありません。

つまり、イギリスの英語やアメリカの英語があるように、中国語にもいろいろあるということなのよね。休み時間、化粧室で手を洗っているときに由美子さんがいった。わたしは由美子さんが口紅をひきなおすのを横目に、

「そういえばオーストラリアで、トゥダーイ、といわれて、それがTodayのことだとしばらくわからなかったことがあった」

高校二年生の夏、ホームステイしていたおうちのおばあちゃんは、everydayのこともエブリダーイといっていた。それがまちがった英語であるとはまったく思わなかった。でも、日本人がeverydayの部分をエブリダーイといっていたら、違和感を抱くかもしれない。

「まあ、張先生のおっしゃるとおりよね。初心者なのに、へんな癖があるのはよくないのよ。ああ、わたし、台湾ドラマをみるのをしばらく控えようかな」

できるの？　わたしは笑う。できるわけないわね、口紅を化粧ポーチにしまいながら由美子

さんは舌を出す。

発音のことに限らない。中国と台湾は、わたしたちが想像している以上に、近くて遠い関係であるようなのだ。一時それで姉がよく腹を立てていた。

——いやんなっちゃう。

うんざりした調子で息を吐く。

——なにかが絶対的に正しいという態度のひとと話していると、息が詰まるわ。

姉は、台湾は中国の一部だといい張る中国人と議論になった、と溜息をついていた翌月には、台湾は独立すべきだと主張する台湾人と議論してきた、と腹を立てていた。

——あんた、喧嘩ばっかりね。

母が心配そうにそういうと、喧嘩じゃなくって議論よ、と姉は目を吊り上げる。昂奮しないでよ、と母にたしなめられた姉は、ごめんなさいと小声でいってから、

——確かに、議論ではなくて喧嘩なのかもしれない。だって、そういうひとたちってひどく頑固で、自分とは異なる意見を持つひとも存在しているんだということ、まったく想像できないらしいのよ。

低い声だった。

——わたしは、そういうひとたちに意見を押し付けられるのが我慢できないだけ。

ある時期、姉はいつも苛立《いらだ》っていた。物事を深刻に考えがちなところが小さいときからおね

えちゃんにはあった、と母は嘆いていた。でも、こんなにひどくはなかった。もっと楽にかまえたっていいのに。これじゃあ、自分が苦しいだけじゃないの。母がそういうと、姉はさらに憤った。

——知らないうちに、思い込まされるのにはもう耐えられないのよ。楽にしていてそうなってしまうぐらいなら、ひとつひとつにきちんと腹を立てていたい。

母もわたしも、姉がなにをいおうとしているのか、姉が望むようには理解してあげられなかったように思う。そのうち姉は、わたしたち家族の前ではあまり感情をあらわにしないようになった。姉があんなふうに荒れていたのは、上海から戻ってきて台北に行こうかどうかという頃だった。思えば今のわたしは、あの時期の姉より年上なのだ。そんな姉は、働くようになってから——母がいうのには、たぶん瀬戸さんと付き合いだしてから——落ち着いてきた。特に結婚してからは、ずいぶんとやわらかくなった。

専門学校に通い始めて数日もしないうちにわたしは、自分にとっての中国語が、クラスメイトたちにとってのそれとはちがう、というのをはっきりと思い知った。それまでだってまったく考えたことがなかったというわけではないのだけれど、わたしにとっての中国語は、単なる外国語ではないのだということ。

「それじゃあ、笑笑ちゃんにとっての中国語って、どういうもの？」

水曜日、他の曜日と比べて一時間ほど早く授業のおわる放課後、いつものように由美子さんと近くのカフェでコーヒーを飲んでいるときだった。

「中国語は……」

わたしは、ミルクと砂糖をかきまぜながら、たえず耳にしてきたのよね」ことばを選ぶ。

「赤ちゃんのときから、たえず耳にしてきたのよね」

「そうよね、笑笑ちゃんはリスニングは完璧だものね」

「完璧、だなんて」

「羨ましいわ、わたしも台湾人のお母さんが欲しかった」

わたしは吹き出す。母も笑うだろう。ミルクと砂糖の溶けたコーヒーを一口啜ってから、

「中国語は、わたしにとって、音のみの存在だったんだなあって気づいたのよ」

へえ、と由美子さんは興味深そうに目をみひらく。単なる外国語であったのなら、こうはいかないだろう。わたしにとっての中国語というのは、赤ん坊のときから親しんできたなじみぶかい旋律だった。ピンインをひととおりならい、簡体字という中国の漢字をいくつか覚えたところで、わたしは音としてのみの存在だった自分の中国語を文字で射止めているような心地となった。いやむしろ、中国語の発音記号や文字を習いだして、わたしの中国語には文字がなかったということに初めて気がついたのだ。

＊

何歳の頃だったろう。

――ねえ、エミちゃん。チョコレートというのと、巧克力（qiǎokèlì）というのなら、どちらが美味しそうだと思う？

チョコレートと、巧克力。わたしはあまり考えずに答えた。

――巧克力。

やっぱり、と、姉は目を輝かせる。そして、

――牛乳と牛奶（niúnǎi）だったら？

わたしは即答する。

――牛奶！

姉が、嬉しそうに叫んだ。

――そうだよね！　あたしもそう思う！

もっと、もっと、とわたしは姉にせがむ。そうねえ、と姉はいい、

――ケーキと蛋糕（dàngāo）なら、どっちがいい？

――もちろん、蛋糕。

だよねえ、と姉はいった。他には？　ねえ他には？　と、その遊びがいたく気に入ってしまったわたしは、さらにせがむ。姉はすこし考え込み、

――おばあちゃんと阿嬤（amà）は？

わたしは笑った。

――それ、食べ物じゃないよ。

ところが姉は、うってかわって神妙な顔になり、

――あたしは、阿嬤だな。おばあちゃん、っていうと、阿嬤じゃなくって、知らないおばあさんみたい。

笑いながら母が、やっと口を挟む。

――你們在玩什麼？

（あんたたち、なんの遊びをしているのよ？）

思えば、それも姉妹でしかできない遊びだった。そして姉の頭の中には、「巧克力」、「牛奶」、「蛋糕」、「阿嬤」という文字は、ちゃんとあったはずなのだ。わたしには、それぞれが、「qiǎokèlì」、「niúnǎi」、「dàngāo」それに「amà」という音としてしか響いていなかった。

ふいに思い立ち、本棚の奥からその本を引っ張り出す。言語学だったか、文化人類学だったか。課題図書として大学の生協で平積みになっていた分厚い本だった。ぱらぱらと捲る、あちこちに、黄色い蛍光ペンでアンダーラインが引いてある。

——人間のことばの基本は、音……

アンダーラインにつづく文章を、わたしは読みあげる。

——ことばは音。音は目に見えない。文字のない言語はいくらでもあるが、音のない言語は存在しない。

言語学か文化人類学の授業の一環で、文字というものを知らず、使わず、一生涯を過ごすというひとたちの生活に関するVTRをみたことがあった。外はよく晴れていたのだが、カーテンが引かれ、電灯が消される。人工的につくりだされた暗さのなかで半ばまどろみながら、プロジェクタから映し出された老婆たちが喋るのをきいていた。愉快そうに彼女たちは笑う。山岳地方なのだろう。青空が無遠慮にひろがっている。あんな空の広がり方を、わたしはじかに見ることがあるのだろうか。空と大地によく映えたうつくしい彩りの衣裳を身に包んだ女たちの仕事は、手織りだった。手織り機《ばた》——それじたいが芸術品のように威厳を持ってたたずんでいるのが画面の中央に映し出される。それによって織り上げられた布は、各地へと輸出される。数百年間、その村落の収入の大半は、文字を知らぬ、必要とせぬ女たちによってもたらされてきたという。

インタビュアーは白人だった。その白人にむかって、浅黒い肌の通訳者が、老婆たちのお喋りを、英語へと通訳する。英語は、日本語に翻訳され字幕となって画面の下につらつらとあらわれる。老婆たちによれば

——文字など必要ない。ことばは呼吸の一環でしかない。少なくともわたしたちには……それは退屈な講義のあいまに見た夢だったのか。ここではない何処かで生きているひとたちの人生は、ここで生きている自分にとってはまるで御伽噺《おとぎばなし》のようだ、と溜息を零《こぼ》したのは確かだった。

つまり、他人事《ひとごと》だった。文字のない人生というのを、自分と照らし合わせて考えてみようとは思いもしなかった。

しかし、もうずっと長いこと、わたしにとっての中国語は文字のないことばだった。響きそのもの、といってもよかった。

それが、中国語を習うようになって、まず、ピンインを発見した。それは大変喜ばしい発見だった。ピンインを組み合わせると単語ができあがり、単語を法則に従って並べると文になる。ピンインで成り立っている文は、いっけんローマ字の羅列でしかないのだけれど、それを指で辿りながらひとつひとつを声に出してみると、

「我姓许，叫许笑笑」

と、いつのまにか、意味のあることばを呟いたことになっている。ノートの上に書きつけた「Wǒ xìng Xǔ, jiào Xǔ Xiào xiào」を指でなぞりながら唱える。なんども繰り返す。面白い遊びを発見した子どものように。ピンインがあれば、わたしにとって音のみの存在だった中国語を、なんと紙に書き留めることができる。

目にする限りのピンインを声に出して読みあげたい気分なの、と姉に電話をした。すると受話器のむこうで、姉が呆れたようにいう。

「エミちゃんたら、字が読めるようになったばかりの幼児みたいね」

姉のいうとおりだと思う。幼児が、街中の看板の文字の、知っている部分を拾い読みし、得意げに声をはりあげる。あの気持ちがよくわかる。

「nとngで終わる発音の違いがやっとわかったの」

というと、えっ、と姉が聞き返す。わたしは、

「nとngで終わる単語の発音の違いよ。もう人参と人生を言い間違えることはないわ」

姉が吹き出すのが聞こえた。姉との電話を終えるとわたしは、わざとらしく振り返りながら、ソファーでテレビを眺めていた母にいった。

「ママ、人生とは何かしら?」

母はへんな顔をしてわたしをみる。わたしはおなじ口調で続ける。

「人参、とは何かしら?」

それでやっと思い出した母も笑った。

いつだったかわたしは、中国語で喋っていた両親の会話になんども出てくる、レンセンという単語の意味が知りたくて、たずねたことがあった。

——パパ、ママ、〝レンセン〟是什么?

（パパ、ママ、〝レンセン〟って、なあに？）

父と母は驚いて顔をみあわせた。

――〝レンセン〟是什么？

わたしは同じ質問を繰り返した。やがて父が、あっ、という顔をした。そして、

――〝人参〟就是〝にんじん〟。

（レンセンは、にんじんのことだよ）

と教えてくれた。

――にんじん？

――そう、にんじん。

わたしが自分にとっていいやすい日本語に切り替えたのに合わせて、父も日本語に切り替える。母と父が笑いをこらえているのに気がつく。

――どうして笑うの？

父が声を震わせながら、

――それはね、おまえが、「人参（rénshēn）」を、「人生（rénshēng）」といったように聞こえてね……

父のことばが途切れると、そばにいた姉が、素っ気無くあとをひきとった。

――だからパパとママにはね、あんたが突然「人生ってなあに？」といったように聞こえた

のよ。

わたしは、母の隣に腰掛ける。

「だって、むずかしいのよ」

そう言いながら、母をみる。母は、なんのこと？　という顔をする。

「n と ng の区別よ。人参と人生の区別をつけたくてもね」

*

「ん、に区別があるとは知らなかった」

と、十八歳のクラスメイトがいう。

「ん、は、ん、だものね」

と、もうひとりの十八歳がいうと、ふたりは声を揃えて笑った。周囲がぱあっと明るくなる楽しげな笑い声だった。笑い方も体つきも服装もそっくりの、まるで双子の姉妹のような彼女たちは、おなじ高校の出身で、この春、揃って上京してきた。小春ちゃんと千秋ちゃん。名前も姉妹みたいだった。

水曜日、小春ちゃんと千秋ちゃん、由美子さんとわたしの四人は、学校の近くのカフェでお喋りをしていた。人生と人参。なかなか区別がつけられないのは、わたしだけではなかった。

由美子さんがわたしたちにいう。

「わたしたちには、ん、としか聞こえなくても、nとngは、中国人にはまったく別の音に聞こえるんだろうなってことなのよ……張先生もいっていたじゃない。だからこそ、初心者のうちはその単語がnなのかngなのか、気をつけて覚えるようにしなくちゃならないって」

「まるで気をつけてこなかったせいで、わたしはいまだに人参を買う自信がないのよね」

わたしがいうと、ふたりの女の子とひとりのおとなの女性は笑い転げる。ふいに、

「笑笑ちゃんは、おうちでは何語を喋るの?」

小春ちゃんがきいた。千秋ちゃんも、そして由美子さんも興味深そうにわたしを見つめる。

おうちでは何語を喋るの? と子どものときからしょっちゅう聞かれた。初めて聞かれたときのことも覚えている。小学校二年生か三年生のときだったと思う。授業参観日の休み時間のときだった。だれかのお母さんがわたしに質問した。

――笑笑ちゃんは、おうちでは、お父さんやお母さんと、何語でお喋りするの?

わたしは困ってしまった。どんなふうに答えればいいのか、わからなかったのだ。そこへ、ちょうど母がやってきた。その、だれかのお母さんと母が、挨拶をしあう。ハジメマシテとか、イツモオセワニナッテイマス、といった会話を交わしたあと、そのひとはわたしにした質問を母に対してもした。

――キョさんのお宅では、いつも何語で会話をなさっているの?

わたしは耳をそばだてて、母が何と答えるのか待ち構える。すると母は鷹揚《おうよう》に笑いながらいったのだ。

——おうちでは、適当適当！

「それ以来、何語で喋るのときかれたら、適当適当って答えるの」

わたしは、由美子さんと小春ちゃんと千秋ちゃんにいう。

「それに、これ以上しっくりくる答えはないのよね」

＊

その日、由美子さんたちと別れてうちに帰ると、母がわたしを手招きした。

「エミちゃん、リグァ。面白いものがあるよ」

リグァ、というのは台湾語。もっと厳密にいえば、福建南部方言をルーツとした閩南語《びんなんご》。みて、とか、ほら、とかといった風に日本語に訳すのが最も近い（とわたしは思う）、リグァという台湾語で母はいつもわたしを呼びかける。あとに続くのが日本語なのか、中国語なのか、あるいは台湾語なのかは、話す内容によって変幻自在。適当、適当、なのだ。押入れの前で正座をしている母の隣に、わたしはひざまずく。

「おねえちゃん・小時候的（ちいさいときの）・ノート」

ノートの上側は青地で、かんじれんしゅう、という白抜きの文字があった。ラッコの写真を挟んだノートの下側には氏名欄があって、そこにマジックインキで「2ねん2くみ5ばん　きょかんかん」と書いてある。わたしたちが日本に来たばっかりの頃のものよ……という意味の台湾語を母がしみじみと言うのを背中で聞きながら、わたしはそっとノートを捲ってみる。

1989ねん7がつ20にち金ようび　　くもりのちはれ

せんせいあのね、
きょう、たいわんのおじさん、きました。

お父さんとお母さんはちゅうごくごをいっぱいはなしました。

わたしは、ちゅうごくご、いいます。おじさん、わらった。わたし、おこりました。すると、おじさん、ごめんね、といいました。

おじさんは、本をプレゼントくれました。でも、本は、たいわんでかったので、ちゅうごくごがいっぱい。つまらない。おおきくなったらちゅうごくご、べんきょうして、ちゅうごくごのほん、よみます。


ノートの端には、「たいわんからおきゃくさんがきて、たのしかったね。おおきくなって、ちゅうごくごのほんをたくさんよめるようになれるといいね」と、赤いボールペンの端正な文字が綴られていた。

「おじさんって、だれのことだろう」

「舅舅的可能性很大」

（舅舅（jiujiu）の可能性が高いわね）

姉の書いた、おじさん、が自分の弟だと予想する母のことばは、中国語で統一されていた。

「他很毒舌，每次都欺負歡歡」

（あのひと、毒舌だからね。おねえちゃんのこと、いつもイジメていたもの）

舅舅は、わたしたちをパンダ姉妹とからかった叔父だった。

「そうなの？　でもわたしは、あんまりイジメられた覚えがないなあ」

「因爲（それは）、舅舅……イ・ベエヒャン・ゴン・リップンウェー」

初めは中国語だったが、あとは台湾語だった。それから母は、何の前触れもなく、掃除を再開する。押入れのほうへむきなおってしゃがみこんでいる母の背中にむかってわたしはいう。

「他一点也不会说日语」

（彼は日本語が話せません）

それは、ベエヒャン・ゴン・リップンウェーの中国語訳だった。母は蹲《うずくま》ったまま、声にならぬ声をうるさそうにあげただけだった。

母が片付けているのは我が家で唯一の和室で、客があればそこに泊まってもらうようにしていた。普段は、ほとんど物入れのようになっていた。母がこれだけ精を出して掃除しているということは、近々だれかが来る予定なのかもしれない。姉の小学生のときのノートは他にも数冊出てきた。どのノートにも、力のこもったひらがながつらつらと並んでいた。

「なにしろ、やっとひらがなが書けるようになったんだもの」

週末の姉の里帰りをまって、母とわたしはそのノートを姉にいそいそと手渡した。姉は彼女自身が幼い頃に綴ったノートを捲りながら、照れくさそうだった。

「書ける、ということが嬉しくて仕方がなかったのよ、きっと」

ハイお湯、と母がいい、アリガト、と姉はあらかじめティーバッグのいれてあったマグカップを差し出す。母が湯を注いだカップの中身をひとくち啜ると、姉は、ふう、と一息つくのだがその姉にむかってわたしは、「7がつ20にち」の日記をひらいてみせる。姉は、わたしの示したページをのぞきこむ。

「覚えている?」

「そういえば、そんなこともあったわね」

姉は、にっと笑ってみせた。母が口を挟む。

「おねえちゃんは、ちっちゃいときからチャアペペ、だったから」

チャアペペ、といわれた姉は舌を出す。

「チャアペペって、日本語に訳すとしたら、どうだろう」

わたしはいった。姉はマグカップを置き、そうねえ、と考えはじめる。わたしたちは一緒に、チャアペペ、という台湾語のよい日本語訳はないかと考えだす。

気性が荒い、というのか。癇癪《かんしゃく》持ちというのか。我儘《わがまま》、とはすこし違う。もう少し愛嬌のある雰囲気のことばはないかしら。女の子にしかいわない表現でしょう、チャアペペって。

「おてんば、でいいじゃない」

母がまた口を挟む。すかさず姉が母を制する。ちがうわよ、ママは黙ってて。ほら、チャアペペ、と母が肩をすくめる。

「なかなかいいのがないなあ」

わたしたちが真剣に悩み始めると、母は退屈そうにお茶を啜っていたがそのうち茶器を片付け始める。わたしは再び、「7がつ20にち」の日記に視線を落とす。この日記に書いていたとおり、「おおきくなった」姉は、だれにいわれることもなく、迷わずに大学の中国語学科へと進学した。そして、身につけた中国語により磨きをかけるべく、留学もした。それも、上海と台北とふたつの都市へ。日本生まれのわたしと違って、姉は台北の幼稚園に通ったこともあるのだから、中国語はもともと、ぜんぜんできないわけではなかった。むしろ、ちいさい頃はわりと自由にぺらぺらと喋っていたと思う。

「あっ」

「なに？　思いつた？」

姉が目を輝かせる。

「ううん、ちがうの。あのね、なんだか似ているなあって思って……」

「似ている？」

「ほら、おねえちゃんの初めての教え子。ララちゃん、じゃなくって……」

ああ、と姉が笑いながら訂正する。リリ、よ、莉莉。

「そう、莉莉ちゃん！」

「なによ、莉莉ちゃんがどうしたのよ？」

わたしは、姉の手許のノートの文字を示す。

「子どもの頃のおねえちゃんの字と、莉莉ちゃんがおねえちゃんにあげた手紙の字。なんだか似ているなあって……」

一瞬、沈黙したのち、そう、姉は真面目な顔でいった。似ているかしら、低い声だった。姉の顔に影が差した気がして、わたしは急に不安になった。茶器を洗い終えた母が戻ってくる。

「チャアペペ、日本語、分かった？」

姉が、お手上げというふうに両手をあげる。

「全然ダメ、いいのがちっとも思いつかない。ね、エミちゃん」

姉の表情がもとどおり明るいので安堵する。

――おおきくなったらちゅうごくご、べんきょうして、ちゅうごくごのほん、よみます。

姉が持って帰ろうとしなかったので、姉の子どもの頃のノートの束を母はまた押入れにしまいこもうとしたのだが、だったら預かるわ、といってみんなわたしの部屋へと持ってきてしまった。宿題をする合間にぱらぱらぱらと捲りながら、7がつ20にち木ようびのところに辿りつくと、やっぱり手が止まってしまう。

小学校二年生だった姉の書いたひらがなと、姉の最初の教え子である莉莉ちゃんが姉に宛てて書いた手紙のひらがなは、やっぱり似ていると思う。それはもしかしたら、二十二歳のわたしが書く中国語の文字――简体字（jiǎntǐzì）と呼ばれる、日本の漢字よりも字体が簡略化された字――にも似ているのかもしれないと思う。

＊

本田さんが書いた簡体字は、わたしの書く簡体字と似ても似つかない。ただ形が整っているだけでなく、漢字――中国語と日本語という違いはあれど――を何十年も書いてきたという貫禄がみなぎっている。

「達筆ですね」

わたしがいうと、いやいやいやと照れくさそうに本田さんは頭を振った。本田さんは、最年長の同級生だった。いつもより早く学校へ行くと、まだだれもいないと思っていた教室に、本田さんがいた。窓際の席で勉強をしていた本田さんに、おはようございますと声をかけると、

「早上好！」

元気な朝の挨拶が返ってきた。

「熱心ですね。わたし、一番乗りだと思ったのに」

「年寄りなんでね。早くに目が覚めちゃうんですよ」

「みんなで感心してたんですよ。退職後、一から外国語を勉強なさっている本田さんには頭がさがるねって」

本田さんは照れくさそうに片手を振る。

「したいことをしたいという我儘なだけですよ」

あら、わたしもそうですよといおうとして、学費から何からすべて親掛かりであるわたしと、この本田さんとがおなじであるはずがないと思い、呑みこむ。本田さんは芯のまるくなった鉛筆を机のうえに置き、許同学、中国語でわたしに呼びかける。

「许同学は、台湾の方でしたっけ？」

この学校に通うようになってから、日本人ではない、もしかしたら母国語は中国語であったかもしれない自分が、他の日本人たちとおなじように外国語として中国語を習っているというのが、自分でも滑稽に思えることがときどきあったので、

「お恥ずかしながら」

ハハハ、と本田さんが笑う。

「羨ましい限りです。聞き取りの授業では、いつも大活躍じゃないですか」

いやそれは、わたしはますます小さくなる。

「いやあ、わたしなんかはね、書くほうならまあ、手を動かしてなんぼ、という感じでなんとかついていけるんですがね。耳のほうはというと、どうも苦労させられてしまいます」

そういって本田さんは自分の耳を引っ張ってみせた。わたしが笑うと、

「台湾では」

本田さんはふたたび身をのりだす。

「簡体字ではなくて、旧字を遣うんですってね」

「そう、すごく難しいんです。繁体字《はんたいじ》」

おなじ漢字とはいっても、簡体字と、本田さんが「旧字」という繁体字とではおおいに違った。簡単にいえば、繁体字は伝統的な漢字で、簡体字は伝統的な漢字を簡略化した漢字のことなのだが、たとえば、歓、という字は、繁体字だと、歡、簡体字では欢、となる。繁体字と簡体字のさらに重要なちがいは、前者は台湾の、後者は中国の公式の文字だということだろう。

要するに、慣れなのかもしれない。子どもの頃から繁体字で読み書きしていた母は、簡体字は読みづらくてしょうがないといつも文句をいっているのだから。本田さんが胸をなでおろす素

振りを大げさにしてみせる。

「よかった、これ以上難しかったら大変だ」

わたしは、本田さんのノートの鉛筆書きの簡体字をみやりながら、ほんとうに、と同意を示す。それにしても本田さんは達筆だなと思う。そういえば許同学ってごきょうだいはいらっしゃるんですか？　六つ年上の姉がいます、わたしは答える。お姉さんは中国語は、本田さんが重ねて質問する。

「わたしなんかよりも、ずっと」

わたしはにっと笑う。你姐姐比你好と、本田さんはわたしのことばを中国語訳する。数日前習ったばかりの表現だった。对对、とわたしも中国語で頷く。本田さんは笑って日本語に切り替える。

「それではおねえさんは、お仕事は何をやっておられるの。やはり中国関連のお仕事？」

差不多（近い！）とわたしはやはり数日前、教科書にでてきたいい回しでいった。

「姉は子どもたちに日本語を教えているんです」

「子どもたち？」

「中国や台湾から、来日してきたばかりの子どもに、中国語で日本語を教える仕事なんです」

「といいますと、中華学校かなんかで？」

いいえ、とわたしは首を振る。

「職場は、都内各地の公立小学校なんです。中国や台湾から子どもが転入してきたら、その学校に出向いて教えるんです」

「なるほど。そんなお仕事があるとは知りませんでした。でも、許同学のお姉さまなら、ご活躍が想像されますな」

わたしは肩をすくめる。

「やりがいはあるって、いつもいっています。お義兄さん——あ、姉は去年結婚したばかりなんですが——も、姉がその仕事をするのに理解があって。きっと、一生、やるんじゃないかなあ」

すかさず本田さんが目を光らせる。

「お義兄さまは、どちらのお方なんでしょう」

わざとまをおいて、わたしは答えた。

「日本、です」

＊

——パパ、ママ。日本で、わたしたちを育ててくれてありがとう。

身内だけの、ほんのささやかな結婚式だった。姉が纏っていたあかるい黄褐色のドレスの生地は、麻。純白はまばゆすぎると姉は生成《きな》りのドレスを選んだ。お色直しは、しなかった。父と腕を組んで歩いた衣裳のまま、祝ってもらいたいと姉が希望したのだった。二十人の参列者のうち十七人が新郎側の親族。新婦側は、両親とわたしの三人だけだった。

——この手紙を、パパとママのことばである中国語、あるいは台湾語でも書ければよかった。だけれども、わたしにとってはやっぱり、日本語で気持ちを伝えるのがいちばん自然なので、日本語にしました。

披露宴で、家族宛の手紙をよみあげた姉の声は、最後までしゃんとしていた。震えてすらいなかった。泣かない新婦に寄り添うようにして立っていた新郎のほうが、目を赤くしていた。

その日の午前、教会で、神父は結婚誓約書へ署名する新婦の名をみて、beautiful、と呟いた。それから新郎にむかって微笑をすると、

——あなたがたは、海を越えて結ばれたのです。どうかどうか、お幸せに！

なめらかな日本語でいったのだそうだ。新婦と新郎は、顔をみあわせながらそっと笑った。新郎の名は、瀬戸伸一。新婦の名が、許歓歓だった。

——歓歓ちゃんがはじめて家に遊びに来てくれたとき……

挙式の半年前、瀬戸家と許家がはじめて勢ぞろいして食事をしたときだった。

——日本育ちであるとは聞いていたんだけど、歓歓ちゃんの日本語がとっても上手で、驚いちゃった。うちの息子たちよりもずっと、きちんとしていて……

瀬戸さんのお母さんがそういうと、わたしたちはみんな、どっと笑った。

——だってわたし、日本語教師ですもの。

わざとおどけた口調で姉がいう。

——おかげで、伸一は歓歓ちゃんに出会えたんですものね！

瀬戸さんのお母さんがいうと、また笑いが沸いた。それにしても、と瀬戸さんのお父さんが口を開く。

——外国からの子どもたちに日本語を教えるというお仕事は、ますます需要が高まっているんでしょうね。

ええ、と姉はうなずく。

——だから、わたしみたいな新米の教師でもけっこう駆りだされるんですよ。

——やっぱり台湾や中国からの子どもさんが多いですか？

と瀬戸さんのお父さん。瀬戸さんを見やりながら、韓国や最近はフィリピンからの子も多いです、と姉。

——同僚にタガログ語の堪能な子がいるんですが、わたし以上に、忙しそうにあちこち廻っています。タガログ語のできる講師ってまだまだ少ないみたいで……

——それでキョさんは、今度はタガログ語をやってみたいと思っているんだよね。

瀬戸さんが、姉のことばをひきとる。わたしは姉の部屋に数冊あった絵本を思い出す。表紙の、みなれぬ文字が不思議で、どこの絵本なのときくと、フィリピン、と楽しい秘密を打ち明けるように姉は教えてくれた。まあ、と瀬戸さんのお母さん。

——中国語だけでもすごいのに！　その、タガ……

——タガログ語！

すかさず瀬戸さんが母親に助け舟を出す。瀬戸さんのお母さんが照れくさそうに肩をすくめると、またみんなが笑う。とにかく、と瀬戸さんのお母さん。

——ことばがいくつもできるんだもの。歓歓ちゃんはやっぱり、語学の才能があるということなのよね。

——いくつも、だなんて……中国語だけです。

姉が居心地悪そうに身を縮める。瀬戸さんのお父さんがにこにこと笑う。

——日本語もとてもおじょうずですし。

そういった瀬戸さんのお父さんにむかって、

——日本語は、歓歓にとっては母国語のようなものですから。

といったのは父だった。姉が父のことばに大きくうなずく。だから日本語はできてあたりまえなんですよ、と照れくさそうに笑う。

——キョさんは七歳のときから日本の小学校に通っているんだ。

瀬戸さんが自分の両親にむかってそういってから、

——二年生、だっけ？

姉に確認した。ウン、と姉は父と母のほうをみて、そうだったわよねという。父も母も、そうそうとうなずく。

——それまで、日本語は？

瀬戸さんのお母さんがたずねる。ぜんぜん、と姉が即答すると父と母も苦笑いを浮かべる。

——台湾で、知り合いの日本人から少しだけひらがなは教わっていましたが……転校したばかりのときは、一言もわかりませんでした、
一息ついてから、両親のほうをちらっとみやると、

——まあ、すぐ慣れましたけど。

笑い顔でいった。そうだったの、しみじみと瀬戸さんのお母さんがいう。

——キョさんが担当してくれた莉莉という子もそうなんだけど、中国語圏の、特に女の子は、優秀な子が多いですね。はじめはぜんぜん日本語ができなくとも、あっというまに他の子に追いつく……そんな気がします。

父と母にむかって、瀬戸さんがいう。瀬戸さんのお母さんが、

——歓歓ちゃんも、そうだったんでしょうね。

というと、母がはじめて口を開いた。

——はじめは、大変だった。でも、がんばった。ね。

どことなく誇らしげな口調だった。姉が曖昧に笑う。

——実は、連絡帳、わたしの代わりにこの子、書いていた。

——連絡帳って、あの連絡帳？

瀬戸さんのお母さんが驚いて聞き返す。

——そう、わたし、日本語、じょうずじゃない。歓歓、手伝ってくれた。

母の告白に、へええ、と一同が驚く。やめてよ、と姉は眉をひそめて母を肘でこづく。瀬戸さんが苦笑しながら、ということは、という。

——ひょっとしたら、莉莉も、自分で書いているかもな。

わたしは、わたしの連絡帳も姉が書いていたと話そうかどうしようか考えあぐねていたが、

——エミちゃんは？

瀬戸さんのお母さんが、わたしのほうへと身をのりだした。

——エミちゃんは、学校に入ったときどうだったの？

わたしは頭を掻きながら、

——わたしは……赤ちゃんのときから日本語だったので。

母が得意げに付け加える。

——おねえちゃんがいたから、エミちゃんは日本語にはあまり苦労しなかった。

姉も付け加える。

——エミちゃんは、テレビ大好きっ子だったしね。ドラえもんばっかり見ていたから、ドラえもんで日本語をおぼえたようなものよ。

瀬戸さんのお母さんがわたしを見る。

——エミちゃんもドラえもんが好きなの？

わたしがうなずくより早く、

——ノリツグ、あんたもドラえもんが大好きだったね。

とつぜん注目されてしまった展次さんは、ああ、まあ、と、照れくさそうだった。

——ノリくんは、伸一くんの三歳下だっけ？

母が聞くと、

——そう、伸一が五十五年で、ノリは五十八年。

瀬戸さんのお母さんが息子の代わりに答える。昭和で年齢を数えるのに慣れていない母がわたしにきく。エミちゃん何年だっけ？

——わたしは昭和六十二年。

瀬戸さんが母にむかって、西暦でいい直す。

——ぼくが、一九八〇年。弟は一九八三年の生まれです。

なるほど、母は瀬戸さんにむかって笑みをかえす。瀬戸さんのお母さんが、

——あたしたちは、つい、昭和で考えちゃうのよねえ。

かあさんは古いから、と瀬戸さんがいうとまた笑いが起きた。

――わたしの父親、自分は昭和元年生まれ、ってよくいってた。

母がいう。

――あら、うちの父は、大正十四年なのよ。父も、自分は大正生まれなんだって、よくいっていたわ。

――昭和元年というと、ご存命でしたら……八十一、二歳ですか。

瀬戸さんは計算が速い、わたしは感心する。姉が続ける。

――日本の教育をうけた世代なので、祖父は日本びいきでした。

――台湾のご年配の方の中には、いまの若い世代の日本人よりもずっと、品のある、きれいな日本語を話す方が多いといいますね。

瀬戸さんのお父さんがいう。

――それにしても……

と、瀬戸さんのお母さんが切り出した。

――歓歓ちゃんもエミちゃんも、いわれなくっちゃ、日本人ではない、だなんてちっとも分からないわねえ。

わたしは、ドラえもんに関しては日本人以上に自信があります、といおうとしたが、姉が目配せするのでこらえる。瀬戸さんのお母さんは全員をみまわしながら、

――なんていうのかしら。とても潑剌《はつらつ》としていて、素敵なお嬢さんがただもん。お母さんの教育がよかったのね、きっと……

そういって母にむかって微笑む。

――愛だけはたっぷり、でした。

母のことばに、それまでほとんど発言していなかった展次くんが吹き出す。まるでそれが合図のように、父も、瀬戸さんのお父さんとお母さんも、どっと笑った。

――台湾は素晴らしいところです。

ひとしきり笑ったあと、瀬戸さんのお父さんがいった。

――以前、出張で何日か滞在しました。ひともよく、食べ物もおいしく、帰りがたい気分にさせられましたよ。

光栄です、と父が笑みを浮かべる。

――台湾のどちらに行かれたのですか？

ふだん、日本人を接待することが多い父の日本語は、むかしから、母の喋る日本語と比べると、どことなく堅苦しい。しかし、こういう場での父の日本語は、よく映える。姉もそう感じているようだった。瀬戸さんのお父さんは記憶を辿るようにいう。

――台北と、あと、高雄《たかお》に行きました。

――高雄は、わたしの母親の実家です。

母が、嬉しそうに口を挟む。そうですか、と柔和な笑みで瀬戸さんのお父さんは母に応える。

——台北もよかったですが、高雄もよかったです。蓮池潭《れんちたん》、でしたっけ？　あそこの、有名な龍と虎の塔をみました。日本の寺院とは趣がちがって、台湾の寺院は色彩が非常に鮮やかで。

——高雄ってどこにあるの？

瀬戸さんのお母さんが、夫にたずねる。

——台湾の、いちばん南のほうです。

母が、娘の姑になるひとにむかって説明する。まあ、と瀬戸さんのお母さん。

——台湾のいちばん南。それなら、すごく南ね。

またもや、展次くんが率先して笑ったあと、後を追うようにみんなで笑った。

それが契機だったのかどうか、姉夫婦は東京での挙式の翌月、台北での披露宴——といっても瀬戸家からの参列者はなく、厳密にいえば許歓歓の新郎を台湾の親戚に紹介するのが目的の食事会——を終えるとそのまま、開通したばかりの新幹線で高雄へと新婚旅行に行った。

東京行きの国際線に乗り込みながら、わたしは台湾の南へと向かいつつある姉夫婦のことを思った。瀬戸さんは、姉と出会うまで中国語を一言も知らなかったというのに、姉との結婚が整うまでの間に独学で少し喋れるようになっていた。台北の親戚はみな、瀬戸さんが片言の中国語で挨拶するとおおいに沸いた。興味がもともとなかったわけではないから、と瀬戸さんはいうのだけど、なかなかできることではないと思う。よかったね、とわたしは呟く。なにが、と通路側の席ですでにくつろぎはじめていた母が聞く。飛行機は、滑走路を滑らかに動いていた。

――おねえちゃん。

キャビンアテンダントたちが忙しく歩き回っていた。

――瀬戸さんと出会うことができて。

わたしのいくらか感傷的な気分を、母は鷹揚に笑い飛ばした。

――あんたはどうなのよ、ヤマシタクン。

それは、といいかけたとき、まもなく離陸いたします、という日本語のアナウンスが流れてきた。続けて、中国語、英語、そして、台湾語でも同じことが順番にアナウンスされる。わたしは、飛行機の窓に額を押し付けた。南はどっちだろう、と思う。反対側だ、とすぐに気づく。祖母の故郷であり、母が生まれた町であるという高雄に、姉はいま、向かっている。わたしは高雄には行ったことがなかった。

後日、どうだったと姉に聞くと、暑かったと姉は、ほんとうに暑そうにいった。真夏に行くところではないわね。でも、台北以上に南国情緒の溢れる町並みがそこかしこに残っている高雄を、瀬戸さんはすっかり気に入ったという。

――定年になったら、移住したいっていっているわ。気の早い話よね。まだ親たちも現役だというのに。

受話器越しに、姉が愉快そうに笑うのが聞こえる。姉は結婚後も瀬戸さんのことを、瀬戸さん、と苗字でいっていた。聞くと、本人の前でもそのように呼んでいるらしい。

――それなら、瀬戸さんのほうは、おねえちゃんのことを何ていうの？

――以前と変わらない。キョさん、と呼ばれている。

夫婦なのに苗字で呼び合うなんて。わたしがいうと、姉はいった。

――忘れたの？　わたしたちは、結婚しても苗字が変わらないのよ。

＊

現代中国社会論の授業で、婚姻による改姓が中国では義務付けられていない、と教わったとき、ああ、ガイジンでよかった！　と姉がいっていたのをわたしは思い出した。確か、婚姻届を役所に提出しようとしていた頃だった。はじめ、姉たちは挙式の日に入籍をしようと計画していた。ところが、姉が外国籍であったため、出身国の発行する独身証明書も必要だったので、提出が遅れてしまった。姉は、中国人ですからねわたしは、ともいっていた。わたしたち一家の国籍は、台湾を意味する「中華民国」だったけど、日本では、「中華人民共和国」国籍所持者と同様、「中国人」という扱いになる。だから姉夫婦の戸籍は、法の上では、「日本人」と「中国人」の婚姻関係ということになるのだ。

——結婚によって、姓を、片方のものに改める義務があるのは日本人同士の場合だけ。中国人のわたしは、だから、瀬戸さんと結婚したって、瀬戸歓歓、に変わったりしないのよ。

そういったあと、ああガイジンでよかった、と姉はいった。わたしと母はそっと顔を見合わせる。

——瀬戸歓歓、なかなか、いい名前じゃない。

姉は鼻でわらった。

——わたしには、まったく理解ができないわね。彼の苗字になるの、と喜んで報告するような女ってのが。

女、だなんて。母が眉をひそめる。そんなこわい言い方やめてよ、おねえちゃん。姉はそっぽを向く。セトカンカン。わたしはこっそりと呟いてみる。お祭りの掛け声のようだ。あかるくて、よい響きだと思う。少なくとも、ヤマシタショウショウよりもずっとよいと思う。

「ガイジン」であるおかげで、姉は、結婚後も、許歓歓として生きている。つまり、婚姻によって、パスポートの姓名や、銀行の名義等を変更しなくていいのだ。婚姻届を出すのにあれだけ苦労した甲斐があったわ。姉はいう。それから、苗字は何になったんですか、と聞かれるたびに苦笑するしかないのよね、ともいった。確かに、結婚しても苗字が変わらないというのは、日本で考えるとちょっと特別かもしれないが、もしも中国だったら、そもそも婚姻によって改姓しなくてもいいのだから話はガラリと変わってくる。そういえば子どもの頃、TVドラマで「僕とおなじ苗字になってください」という科白《せりふ》をきいたとき、母が父に、どういう意味？　ときいていたことがあった。さあ、と父も不思議そうに首を傾げていた。台湾でも、婚姻で改姓する義務はないのだ。

現代中国社会論では決まった教科書はなかった。四月以来、毎週のように資料のプリントが大量に配布される。新しいバインダーを買わなくちゃ、と由美子さんがいう。

「プロポーズで、僕とおなじ苗字になってくださいっていうひとは、今でもいるのかしら」

わたしがそういったら、なによそれ、由美子さんが苦笑する。

「考えてたの。改姓の義務がないのなら、中国語で苗字が変わるといっても、結婚は意味しないんだなって」

「ああ、そういえばそうね」

建物を一歩出たとたん、風が吹き付ける。湿り気を帯びた風だった。髪が乱れぬよう手で押さえながら、

「日本でもそうだったのなら、あんなに悩まなかったかもな」

そう呟いた由美子さんをわたしはみた。由美子さんは静かに笑う。

「わたしも一遍、苗字が変わっているのよ。中学を卒業するのを待って親が離婚したから」

「……」

「いまだに、父親とおなじ苗字をみかけると、奇妙な気分になる。今でもわたしは、その苗

字だったかもしれないなって思うと」

わたしは、姉がみせてくれた婚姻届を思い出していた。

――ほら、ほんとうは、必ずしも夫の苗字に変えなければならないというわけじゃないのよ。

姉が指さす「婚姻後の夫婦の氏」という欄をわたしは見る。姉のいうとおり、夫の氏と共に妻の氏というチェックボックスがあって、どちらかを選ぶようになっていた。

――でもね、こっちをみてよ。

姉の示したほうを見ると、夫となる人と妻となる人のそれぞれの父母の氏名を書く欄がある。

姉夫婦の婚姻届の父母の氏名欄をみると、瀬戸さんのお母さんだけ苗字がない。

――父母が婚姻中のときは母の氏は書かず、名前のみを記入しろっていうのよ。

そういった姉の声は低かった。

――ママは、パパと苗字が違うから例外。なにせ、あたしたちはガイジンだからね。

由美子さんが結婚するのなら、婚姻届の妻の父母の欄には、由美子さんのお母さんのフルネームが書き込まれることになるのだろうか。急に胸が苦しくなる。

「いまのわたしは、結婚なんてとっても考えられないけど」

どきりとして顔をあげると、

「つい先月も、苗字が変わりますって元同僚から嬉しそうに報告されたばっかりなの」

由美子さんはいつもの晴れやかな笑顔を浮かべていた。

「その子は入社以来、早く結婚したいってずっといってたんだけど、近頃は、幸せすぎて恐いなんてのろけてるらしいわ」

それからすこしまをおいて、まったく、と由美子さんはいう。

「苗字が同じになるからといって永遠の愛が保証されるとは限らないのにね。なんか、そんな気になっちゃうみたいよね。でもまあ、それで幸せでいるための努力ができるのなら、わるいことではないとも思うけど」

「そういうものかしら」

わたしは呟く。由美子さんが、

「ひとによるでしょう」

わざといじわるそうに舌を出す。わたしたちは顔をみあわせて笑った。ところで笑笑ちゃんは、と由美子さん。

「你有沒有男朋友?」

(あなたにはボーイフレンドがいますか?)

わたしはわざともったいぶってから、

「沒有!」

(いません!)

由美子さんと別れて、地下鉄の駅までひとりで歩く。日が長くなった。専門学校に通い出して、もうじき三ヶ月を過ぎるところだった。时间过得真快……わたしはまだ一度も学校を休んでいなかった。風が心地いい。夏の予感がした。

＊

日めくりカレンダーを破ると、七、という漢数字があらわれる。母が、あ、といった。もうすぐ黄志偉（Huáng Zhìwěi）がくる。わたしは母の顔をみた。

「ファン・ツーウェイ？」

ティアーボ？　わからないの、と台湾語で母はいう。ティアーボー。わかんない。我が家で頻出度の最も高い台湾語で、わたしもこたえる。だれ？　母は呆れた、と肩をすくめ、種を明かす。

「ウェイウェイよ」

「えっ、ウェイウェイってファン・ツーウェイっていうの？」

リ、ンーザイボ？　と母がいう。知らなかった、わたしは日本語でこたえる。

ウェイウェイは、姉が十二歳になった年の夏に生まれた。赤ん坊と歓歓はちょうどひと回りちがいの酉年《とりどし》だね、と、祖父母や母、叔母たちがそういっていたのをよく覚えている。ウェイウェイの父親は、あの舅舅だった。母のいちばん下の弟である舅舅は、おじさんというよりは、年の離れたおにいさん、という感じで若々しい印象が強かったから、わたしも姉も、舅舅が「おとうさん」になったというのがちょっと不思議だった。舅舅は、ラジオ局のアナウンサーである施《シー》叔母さんに一目惚れしたのだが、晴れて結婚したあともずっと彼女に夢中だった。施叔母さんは、子どもはつくらないと宣言していて、祖母をおおいに嘆かせていた。母たちは、そりゃあ、あの人は「女强人（nǚqiángrén）」だものと囁きあっていた。母たちの話から推測したのか、姉がわたしに耳打ちする。

――「女强人」ってね、「キャリアウーマン」のことなのよ。

濃い赤の口紅と刈り上げに近い短い髪が印象的だった施叔母さんが、生まれたばかりのウェイウェイを抱えているのをみたとき、姉とわたしはもちろん、母ですら、一瞬別人と思ってしまったぐらい、柔和な顔つきに変わっていた。舅舅は大喜びで、妻が仕事と子育てを両立できるよう協力することを約束した。

それまでずっと、母方のいとこのなかではわたしが最も年下だったので、ウェイウェイが生まれると、弟ができたようで、わたしは嬉しかった。ウェイウェイは父親に似て丸くてつぶらな瞳の愛らしい赤ん坊だった。

わたしが八歳、ウェイウェイが二歳のとき、ふたりでお菓子を買いにいって迷子になったことがあった。迷子といっても、祖母の家のすぐ近くの路地でどこを曲がっていいのか分からなくなっただけで、迷子というほどでもなかったのだけど、わたしもウェイウェイも、なにしろことばがおぼつかないので、家族中が大騒ぎになったという。

ウェイウェイはおとなしい子どもだった。わたしの手をぎゅっとつかんで、お小遣いで買ってあげた飴をぺろぺろと舐《な》めていた。どの路地を曲がっても、二階建ての木造の家と田んぼという景色だった。家々の軒先に植えられた木々はどこもかしこも鬱蒼《うつそう》と茂っている。わたしは東京のデパートで食べるフルーツパフェを思い出す。生クリームにのせられた赤いさくらんぼに似た果実がみのっているのがみえたから。さくらんぼに似たその果実は濃い緑の葉によく映えている。道端にも、花が咲き乱れていた。どの花も、派手な色をしていて目に鮮やかだった。濃緑の木々が風に揺れるたび、肌が湿るようで心地よい。駄菓子屋は、祖母の家から数十メートルほどしか離れていなかったが、景色が面白くてむやみに路地を曲がってきたせいで、いつのまにか自分たちがどこにいるのかわからなくなった。とはいえ、そこまで不安には感じていなかった。ウェイウェイはまだ飴を舐めていたが、わたしは噛んでいたガムを銀色の紙に包み、ポケットから新しいのをとりだしてまた口の中に放り込む。そのコーラ味のガムはわたしの大のお気に入りだった。仲良しのリミちゃんと近所の駄菓子屋に行くたびに、そのガムばかり買っていたのだけど、数ヶ月前、その駄菓子屋が潰れてしまいもう二度と食べられないと諦めていたから、台湾の祖父母の家の近所にある駄菓子屋でおなじものをみつけたとき、すごく嬉しかった。ウェイウェイの幼い手のやわらかさと、懐かしい味のガムをあじわいながら、わたしは田んぼのそばの土地神の祠《ほこら》をながめていた。うちの近所にもお地蔵さんがいる。リミちゃんがお地蔵様の前では両手をあわせるのよと教えてくれたので、わたしは土地神の祠の前でも手をあわせる。台湾の土地神さんが羽織っている布も色鮮やかだった。比べてみると、日本のお地蔵さんは地味だなあと思っていたそのとき、金切り声に近い声で、ウェイウェイ、とだれかが叫ぶのをきいた。とっさにわたしはウェイウェイの手を強く握った。次の瞬間、むこうからすさまじい形相で叔母が駆けて来るのがみえた。ウェイウェイ、と叔母は叫び、わたしたちのまえまでやってくるとはじめてわたしにも気づいたように、

——エミちゃん！

英語は堪能な彼女が唯一知っている日本語で、わたしの名を呼んだ。わたしは、髪を振り乱した叔母が満身汗まみれであるのをみて一瞬怖気づいたのだが、すぐに叔母が、ウェイウェイとわたしを捜すために走り回っていたのだと思い至り、

——對不起……

（ごめんなさい……）

小声で謝った。叔母は身体をぶるっと震わせてからウェイウェイを抱きしめ、その場にへたりこんだ。叔母はウェイウェイが生まれてから髪を長くのばすようになったのだけど、いつもお洒落なのは結婚前から変わらなかった。その叔母が髪を振り乱すのをみて、わたしは呆然としていた。

——あんたがわるいのよ。お姉ちゃんぶってさ、ウェイウェイを連れだすから。

姉は、そういってわたしの額をこづく。

——あたし、舅媽（jiùmā）が泣くところ初めてみたんだから。

施叔母さんのことも、舅母とわたしたちは中国語で呼んでいた。そこへ舅舅もやって来た。わたしがおそるおそる舅舅をみあげると、舅舅はわたしの頭をくしゃりと撫で、

——常有的事，別介意。

（気にするな！　よくあることだ。）

にっかりと笑う。

——你下次也給偉偉買小糖糖！

（またウェイウェイに飴を買ってやってくれよな）

そのウェイウェイが、今年の六月、台湾の中学を卒業して九月から高校生になる。競争率の最も高い難関高校に無事合格したという。

「だからね」

と母は、自分のことのように胸をはる。

「舅舅、ごほうびに日本につれてきてあげる」

舅舅とウェイウェイは、まずは東京見物をし、京都と奈良をまわって、最後は北海道の旭山《あさひやま》動物園に行くという。

「動物園なら、上野にもあるじゃない」

北海道は、ウェイウェイというよりも実は、舅舅のほうが行きたがっているのよ、と母が片目をつぶる。北海道ならあたしだって行ってみたいもの、といってから、ふと、

「旭山動物園には、パンダっているんだっけ？」

パンダ？　母が怪訝《けげん》そうな顔をする。

「だって、日本に来てパンダが見られないなんて、ウェイウェイがっかりしない？」

むかし、台湾からやってきたいとこたちは皆、パンダを見に行った。台湾にはパンダがいなかった。

「いるよ」

「え？」

いろいろあったけど結局もらうことにしたの、そういうと母は思わせぶりに目を見開く。什么意思？（どういう意味？）わたしがきくと、母はひらめいたように、

「そうだ、ファン・ツーウェイがきたら、エミちゃんが中国語で案内してあげてよ」

楽しそうに提案した。

＊

ガラス窓のそばに陣取り、一時間近くも、わたしはのろのろとカフェラテを飲んでいた。飲

む、というよりも、啜る、というほうが近いのかもしれない。

「我喝牛奶咖啡」

口の中で呟く。カフェラテの中国語は、つい先週、張先生から教わったばかりだった。啜る、というのが分からない。わたしはあいている椅子に置いておいた鞄の中をまさぐると、日中翻訳機能付き電子辞書を引っ張り出す。姉がゆずってくれたのだ。表面に色の剝《は》げかけたパンダのシールがくっついている。

すする、と、日本語を入力する。

「すする　1《食べ物を》小口喝 xiǎokǒuhē, 啜饮 chuòyǐn, 吮吸 shǔnxī……」という文字が画面にあらわれる。

この中でなら、啜饮が相応《ふさわ》しいような気がする。わたしは、啜饮を選択すると、耳にスピーカーを近づけて、音声ボタンを押す。

「啜饮 chuòyǐn」

カナにすると、ツォー・インが最も近いかな。啜饮 chuòyǐn と、わたしは音声スピーカーから響いてくる機械の発音に倣い、口の中で呟く。

「啜饮 chuòyǐn……啜饮牛奶咖啡……」

ガラスのむこうで手を振っているリミちゃんに気づいた。笑みを浮かべている。わたしはあわてて手を振り返す。わたしは、椅子をもうひとつ横に引っ張る。反対側から入ってきたリミちゃんは息を弾ませながら、オマタセというと、向日葵《ひまわり》の絵がプリントされた布製の手提げ袋を椅子に置く。オツカレ、とわたしがいい終わるや否や、リミちゃんは、

「金魚みたいに、口をパクパクさせているんだもの。間抜けだったわ」

見られていたのかと思い、わたしは照れる。口の中で呟いていたつもりが、ちゃんと唇は動いていたらしい。

「このごろ、なんでもかんでも中国語でいってみたくなるのよね」

リミちゃんはおおげさに肩をすくめてみせると、飲み物買ってくる、といって財布片手にカウンターのほうへと向かった。啜る（啜饮 chuòyǐn）ように飲んでいたおかげで、わたしのカップのなかのカフェオレもまだ三分の一ほど残っていた。電子辞書を鞄の中にしまい、かわりに出した携帯電話をみると五時少し前。夕食にはまだ早い。マグカップを両手で抱えたリミちゃんが戻ってくる。財布は脇に挟んでいた。

「だいぶ、待たせちゃった？」

「おかげで宿題を終わらせることができたわ」

リミちゃんは、マグカップをいったんテーブルの上に置いてから、向日葵の手提げ袋に財布をしまう。

「あれ、鞄、あたらしくしたのね」

「うん。おねえちゃんがくれた」

わたしの革製の鞄にそっと触れながら、

「いい鞄じゃない。おねえちゃんは元気？」

「元気よ。リミちゃんによろしくっていってたわ」

「結婚してどれぐらい経つんだっけ？」

「もうすぐ一年」

それじゃあ、とリミちゃんがいたずらっぽくわたしの顔をみる。

「エミちゃんに姪や甥ができる日もそう遠くないかもよ」

かもね、わたしは笑う。

「それ、学生証？」

テーブルに置いてあったわたしのパスケースを示しながらリミちゃんがたずねる。そうよ、わたしはケースから、一年B組許笑笑、とある学生証を抜きだす。

「エミちゃんたら、本当に中国語の学校に通っているのねえ」

「やあね、信じてなかったの？」

「一年B組、許笑笑かあ……」

わたしの学生証をしみじみと眺めていたリミちゃんが、ふいに真面目な顔をする。

「実はね、あたし、聞かれたことがあるの。許笑笑ってひとは、ナニジンなのかって」

「なに、それ」

「ほんとよ。中学に入ったときと、高校にあがったとき」

リミちゃんは丸い目をさらに丸くする。

「それで、何てこたえたの？」

「わかんない、っていったわ」

「わかんない？」

リミちゃんは、こくこくと頷く。

「だって、よく知らないんだもん」

といって大真面目にわたしを見つめ返す。頬杖をついて、わたしは考えこんだ。そういえば、リミちゃんに対して、自分がナニジンか話したことって一度もなかった。それにしても……、

「何がおかしいの？」

「だって」

初対面の人に名前を告げて、失礼ですが日本の方ではないのですか、と聞かれるのには慣れっこだけど、まさか、そう質問をリミちゃんもされていたとは。

「わかんないっていうと、あんなに仲が良いのに、って驚かれたけどね」

と舌を出す。

「それはそれは、ご迷惑をおかけいたしました」

リミちゃんは含み笑いをし、ラテを一口啜ると、

「でもあたし、考えたのよ」

また真面目な顔になる。

「たとえばね、小林里実はナニジン？　ってエミちゃんが聞かれるようなことは絶対にないじゃない？」

「小林里実は、まぎれもなく日本人の名前だものね」

「そうなの。だからね、やっぱりエミちゃんって特別なんだなって」

特別……自分のことを、そのことばをつかって表現する、というのを、わたしはいつも避けてきた。特別というと、なんだか過剰に誇らしげで、自分を説明するのには恐れ多いことばのように思えるから。

——まったく……

姉も、うんざりしながらよく嘆いていた。

——日本って、ヘンな国よね。わたしたち程度の家庭環境で、国際的とか特別とかいわれちゃうんだから。

それればかりは姉のいいたいことがよくわかった。子どもの頃から、台湾人であるというと、それだけで特別であると思われることが多かった。だけど、わたしからしてみたら、自分はたまたま台湾人であるというだけで、それは、日本人が偶然日本人であるのと変わらないことなのだ。だから、日本人でないというだけで、自分を特別な存在であると考えるなんて、わたしにはとてもできなかった。

「わかったわかった、エミちゃんは、特別じゃない。ふつうだもんね」

リミちゃんがいい直す。わたしはなんとなくばつがわるくなって笑った。それにしても、リミちゃんに、

――許笑笑ってナニジン？

と質問したひとたちの気持ちが、わからなくもない。だって、許笑笑という名前は、どう考えたって日本人らしかぬ名前なのだから。

「はじめて見たのなら、わたしだって、この人ナニジンだ？　って思うかもな」

「あたしは思わなかったわ」

リミちゃんがにやりと笑った。

「たぶん、幼すぎたんだ。日本人っぽいのか、ぽくないのかというのが区別できるほど分別がついていなかったのね」

わたしとリミちゃんが最初に出会ったとき、わたしたちは、まだ五歳だった。わたしだって、とわたしは思う。きょしょうしょう、という自分の名前が、他の子たちの名前とは毛色がどこか異なるということ、その頃は知らなかった。

「一年B組、キョショウショウ……ねえ、ショウショウって、正しくはなんていうの？」

学生証の「笑笑」の部分をなぞりながらリミちゃんが聞く。正しく？　思わず聞き返す。リ

ミちゃんがいい直す。

「中国語だったらなんていうの?」

わたしはやっと合点がいく。

「Xiàoxiào」

シャオ・シャオ、とリミちゃんは復唱し、なんだか別のひとのことみたい、とむずかしい顔をする。

――笑笑(Xiàoxiào)という名前は多いんですか?

わたしがたずねると、張先生は微笑しながら、有是有但是不多(いるにはいるけど、多くはない)、といった。それから、

――著名な作家である莫言《モーイエン》の娘さんも笑笑というのよ。

と教えてくれた。わたしはあらためて、あのとき、蓮の葉の浮かぶ池の畔で、

――我妹妹的名字是〝Xiàoxiào〟。

といった女の子の妹を思いだす。あの小さな「Xiàoxiào」が、わたしとおなじ「笑笑」であるという可能性は、ほんとうにあるのだ。

「ねえ、あたしは?」

「え?」

「あたしの名前、中国語では、なんていうの?」

自信がなかった。鞄から再び電子辞書をとりだす。わたしが、Lǐ とキーを打つのをリミちゃんも一緒にのぞきこむ。それから、Shì。リミちゃんが待ち遠しそうにわたしをみつめる。

わたしは、咳払いをしてからおもむろに発音してみせた。

「Lǐshì」

リミちゃんの黒目がちな瞳がキラキラと輝く。

「もういちどいって」

わたしは繰り返した、Lǐshì。

「リー、シー」

リミちゃんが懸命に真似る。

「リー、は低く抑えて。シー、は、急激に上昇させるようにいうの」

「リー、シー……どう?」

「近づいてきた」

ほんと? と嬉しそうに笑ってから、ヘンな感じねとリミちゃん。

「自分の名前をひとから教えてもらうのって」

わたしは電子辞書に měi と打ち込む。

「ちなみに、サトミのミが美だったら、Lǐměi、となります」

リミちゃんはそれを聞くとふうっと大きく息をつく。

「リーメイのほうがリーシーよりも響きが綺麗な気がする」

「それなら中国語では、リーメイ、と名乗れば？」

「いいかも」

「里実」を「里美」と間違われるのはかなわないと愚痴を零していたリミちゃんなのに、音の響きに関しては「リーシー」よりも「リーメイ」のほうを気に入ってしまった。リーメイ、リーメイ、となんども呟いてから、

「決めた！」

突然いう。

「中国人の恋人ができたら、リーメイ、と呼ばせるわ」

あいかわらず突拍子もない。わたしはわざと、

「そんなあて、あるの？」

「そのときは、エミちゃんが通訳してね」

やあよ、めんどくさい、わたしがいうと、けちんぼ、リミちゃんは頬を膨らます。

「そういえば、クラスメイトに由美子さんというひとがいるんだけれど、由美子って、ほんとうはYóuměizǐ なんだけどね」

リミちゃんが目をおおきく見開いたので、わたしは繰り返した。

「Yóuměizǐ」

リミちゃんが頷く。カタカナを当てるのなら、ヨウメイツとなる「由美子」の中国語読みだったが、由美子さんは台湾の友だちにツを外して、ヨウメイ、と呼んでもらうようにしているといっていた。

——もともとわたし、「子」という字は、平凡で好きじゃなかったのよね。

わたしがこの話をすると、ふうん、とリミちゃんはすこし考えてから、

「じゃあ、あたしたちとは逆ね」

「逆?」

リミちゃんは、カフェラテの入ったカップをテーブルに置くと身をのりだした。

「ねえ、覚えてないの? あたしたち、子どものとき、子のつく名前に憧れていたじゃない」

「そうだった」

小学生のときはいつも、クラスメイトに子のつく名前の女の子が何人かいた。ゆうこちゃん、みえこちゃん、りえこちゃん、それに、ゆきこちゃん。偶然なのか、わたしたちのまわりにいた子のつく名前の女の子は、頭が良くってあかるくって気がつよくって、魅力的な女の子が多かったのだ。

ある日の帰り道、タンポポの綿毛を飛ばしながら、あたしも、子のつく名前だったらよかった、とリミちゃんがいった。わたしは同意した。そう、そう。あたしも思ってた。子、のつく名前ってなんだか素敵だなあって。じゃあさ、とリミちゃんが瞳を輝かせながら提案する。

——あたしたちも、つけちゃおうよ。

——つけちゃう？　リミちゃんはじれったそうに足踏みする。

タンポポ片手に、リミちゃんはじれったそうに足踏みする。

——子のつく名前をよ！

そっか、リミちゃんの名案に、わたしの胸は突然高鳴る。

「それで、なんてつけたんだっけ？」

「リミちゃんは、里実、が本名だから、さ、のつく子の名前にしようってなったのよ」

「さちこ！」

そうそう、とわたしは笑う。エミちゃんはなんだっけ？　し、がつく子の名前から選んだのよね……とわたし。し、し、し、とリミちゃん。

「しょうこ！」

「そう！」

わたしたちはその日、さちことしょうこになりきって遊んだのだった。

「でも、次の日にはもう、エミちゃんはエミちゃん、あたしはリミちゃんに戻っていたわね」

「まあ、それだって、決して本名ではないのだけど」

「そうだった」

さちこでもなく、リミでもなく、ほんとうは里実という名のリミちゃんを、わたしは、リミちゃんとこれからも呼び続けるのだろう。しょうこでもなく、エミでもなく、実際は笑笑という名のわたしを、リミちゃんが、エミちゃん、と呼び続けてきたように。

そんなリミちゃんが、

「リー、シー」

と唱えている。「里実」が、サトミとリミの他に、Lǐshí という響きもあるというのが嬉しくてたまらないというように。

「どう、じょうずになってきた?」

「リーメイ、にするんじゃなかったの?」

リミちゃんは、いちおうね、と笑う。本名のほうからマスターしなくちゃね。そういうと手提げ袋から手帳をとりだし、

「書いてよ」

と、ペンをこちらに差し出す。

「小林里実の中国語訳。練習するの」

小林里実。ピンインだと、Xiǎolín Lǐshí。姉としたカタカナ変換ごっこの記憶が蘇る。わたしは少し考えてからリミちゃんの手帳に、シャオ・リン・リー・シー、とカタカナで書く。

「シャオ・リン、か。なんだか素敵じゃない」

満足そうに微笑んだ。コバヤシサトミは、シャオ・リン・リー・シーというもうひとつの響

きを備えている。

「こんなことは、日本語と中国語だからこそできるのよね」

シャオ・リン・リー・シー、と呪文を唱えるように繰り返していたリミちゃんが顔をあげる。

「え?」

「だからね、漢字というものを共有している日本語と中国語であるからこそね……」

説明しようとしたら、テーブルの上においてあった携帯電話が震えた。リミちゃんがわたしの携帯電話の画面を指さす。

「おねえちゃんよ。早く、出て。ひょっとしたら、エミちゃんが叔母さんになったという知らせかもしれないわ!」

まさか。わたしは携帯電話を持って、カフェ店内での通話をはばかって席をたつ。リミちゃんが、シャオ・リン・リー・シー、と繰り返しているのを尻目に、姉からの電話へ出るため外へと向かった。

＊

母が、十人分の料理を用意するのはどれぐらいぶりなのだろう。手伝おうかと聞くと、かえって邪魔だから別にいい、とあしらわれる。それでわたしはリビングに戻るのだけど、我が家の客間のソファーとテーブルの両方とも、めずらしく空席がないのである。

「エミちゃん、ここ座る?」

あいかわらず気の利くひとだった。だいじょうぶよ、と瀬戸さんにわたしは笑みを返す。

「ママに追い出されたんでしょう」

瀬戸さんの隣で姉が笑う。正解、わたしがいうと、どっと笑いが起きる。

「ノリは、まだ会社なのか」

瀬戸さんのお父さんが、瀬戸さんのお母さんにたずねる。

「さあ。ねえ伸一、メールなかった?」

母親にそういわれた瀬戸さんが、携帯をチラッとみて、まだみたいだよという。瀬戸さんのお父さんが申し訳なさそうに、父にいう。すみませんね、うちのあれが……いやいやと、父が首を振る。

「若いのですから、忙しいことはいいことです」

瀬戸さんのお母さんが溜息をついて、

「まったく、土曜日まで呼び出されるっていうのに、お給料はあれなのよね……貧乏暇なし?」

びんぼうひまなし、と父が復唱する。

「ごぞんじですか」

「はい、むかし、日本語の先生から教わりました」

パパほんと？　わたしがいった瞬間、だれかの携帯の着信メロディーが鳴った。日本のテレビが珍しいのか、テレビ画面に見入っていたウェイウェイがハッとしたように音の響いたほうを振り向く。

「小叮噹」

わたしはウェイウェイにむかっていう。ウェイウェイが照れくさそうに笑う。

「なんですか、今エミちゃんのいった、シィヤオ・ディン・ダンとやらって」

瀬戸さんのお父さんが耳ざとく、たずねた。

「ドラえもん、の中国語ですよ」

「あたしもね、ノリからかかってくるときはドラえもんの着信音が鳴るよう伸一に設定してもらったのよ」

もしもし、ノリ？　と立ち上がった瀬戸さんが電話に出る。

「ドラえもん、お好きなの？……えっと」

瀬戸さんのお母さんが、舅舅の横に腰掛けているウェイウェイを見ながらいう。日本語が分からないので舅舅はニコニコしている。ウェイウェイ、と父が瀬戸さんのお母さんにいう。

「ウェイウェイ、くん？」

くん、は、いらないですよと姉は笑い、ウェイウェイ、と呼ぶ。舅舅が、ウェイウェイの頭をこづいで瀬戸さんのお母さんとお父さんのほうを向かせる。

「他們問你，你喜歡不喜歡小叮噹？」

（あなた、ドラえもん好きなの？　ですって）

姉が早口の中国語でたずねると、ウェイウェイは、みんなが自分に注目しているのにはじめて気づき、もぞもぞとする。

「快點說，你喜歡不喜歡〝ドラえもん〟？」

（ほら、応えなさい。ドラえもん好きか？）

舅舅が発音すると、「ドラえもん」は、「哆啦Ａ梦」と聞こえる、とわたしは思う。かつて「ドラえもん」は、「小叮噹」を含め、多くの中国語訳があったという。現在は、「哆啦Ａ梦」で統一するように決められたのだ、と現代中国社会論の授業で教わったばかりだった。ウェイウェイが、還可以、と小さな声でやっとこたえると、

「まあまあ、だそうです」

姉が通訳する。みんなが笑う。舅舅が息子の肩を抱えながら、

「他比較喜歡〝pocket monster〟！」

というと、ドラえもんよりもポケモンのほうが好きなんですって、とおなじ意味の日本語を姉がいう。一同がまた笑う。ポケモンの中国語訳は、まだ知らなかった。今夜にでも、インターネットで調べようと思う。それともウェイウェイに直接訊こうかな。電話を終えた瀬戸さん

が戻ってくる。

「ノリツグ、会社出たそうです。あと四十分ぐらいで来られると思います」

ごはんにまにあうといいわね、姉がいうと、いいのよノリなんか残り物で、と瀬戸さんのお母さんがいい、笑いがまた起きる。エミちゃん、と母が呼ぶ声が聞こえた。あら手伝いましょうか、と腰を浮かせた瀬戸さんのお母さんに、いいえ座っていてください、といってわたしは台所へとむかう。

「ノリさん、もうすこしかかるって」

麵を茹《ゆ》で始めていた母にわたしはいう。そぉ、と母。できあがったばかりの炸醬（zhájiàng）が湯気をたてていた。炸醬は、細かく刻んだ椎茸と牛と豚の合い挽き肉を炒めあわせ、甜麵醬（tiánmiànjiàng）と味噌で絡めて味付けしたものである。これを茹でたての麵にまぜあわせ、千切りにしたしゃきしゃきのキュウリを添えて食べるのだ。日本の中華料理屋のメニューをみると、おなじ料理がジャージャー麵、と表現されているのだけど、我が家では台湾式に、ヅァージャンミェンと呼んでいる。ヅァージャンミェンは、母が祖母から受け継いだ得意料理のひとつで、父も、姉も、わたしも、大好物だった。瀬戸さんも、姉と婚約中に母に食べさせてもらって以来、ファンになったという。母が、その母親から受け継いだ料理ということで、母とおなじ母親を持つ舅舅とその息子であるウェイウェイも、このヅァージャンミェンが好物だった。ただしウェイウェイの場合、彼の母親が、彼女の姑の料理を受け継がなかったため、ヅァージャンミェンといえば「おばあちゃんの味」らしいのだが。姉は、結婚前に、このヴァージャンミェン、そして、水餃子《すいぎょうざ》だけはと、母の二大得意料理を教わっていった。わたしはといえば、まだまだお嫁にゆく気はしないので、もっぱら食べる専門なのだけど、いつか、愛する人ができたら、母に教わるのかな、水餃子も、それに、このヴァージャンミェンも……そうおもいながら、ついおなかが鳴ってしまう。ぼおっとしてないでお皿をだして、と母がいう。はいはい、わたしはいいながら、十人分のお碗とお箸、それにれんげを準備する。いちばんいいのは瀬戸さんのお父さんにね、と母が釘をさす。

「おいしい！」

瀬戸さんのお母さんがまっさきに声をあげた。ほんとうに、すぐに瀬戸さんのお父さんのことばがつづく。

「伸一のいっていたとおりだ」

ヨカッタ、と母が笑みを浮かべる。父もどことなく誇らしげに、

「わたしは、出張などにいくと、このヴァージャンミェンが最も恋しくなる」

瀬戸さんが父に同意する。

「このキュウリとの相性がまたいいんですよね」

ふたくちめを食べ終えた瀬戸さんのお母さんが、

「ねえ、レシピを教えてもらえないかしら」

母にたずねる。さて、かあさんにこれが再現できるかな、と瀬戸さんがいうと、またみんなが笑った。ウェイウェイ以外の男たちはビールを飲み、瀬戸さんのお母さんと母がウーロン茶、わたしとウェイウェイがコーラで、姉はひとり白湯《さゆ》を飲んでいた。わたしは、他のひとたちとおなじように美味しそうに麵を啜っている舅舅にたずねる。

「阿妈和妈妈的，那一个比较好吃？」

（おばあちゃんのと、どっちがおいしい？）

ウン、と舅舅はお碗をいったんおいてから、

「姐姐的，還不如媽媽的！」

（まだまだ、かあさんにはかなわないな）

といいたずらっぽく母を見やる。もう、と母が舅舅を睨《にら》む。姉が、ティッシュで口のまわりを拭《ぬぐ》いながら、母と舅舅のやりとりを日本語に通訳すると、時間差で瀬戸家の面々も笑った。

「ね、瀬戸さんは？」

と姉が、わざときく。

「あたしとママが作ったヅァージャンミェン、どっちのほうが美味しいと思う？」

すでに碗のなかが空に近づきつつあった瀬戸さんが、あはは、参ったなと頭を掻く。

「伸一くん、おかわりは？」

と母が腰を浮かせる。我也要（おれも）、と舅舅も空になったお碗を差し出す。

「かなわないといいながら、やっぱりおいしいんじゃないの」

瀬戸さんのお母さんが舅舅をからかう。日本語がわからないはずの舅舅は瀬戸さんのお母さんにむかって、おどけたように肩をすくめてみせる。父と、瀬戸さんのお父さんの碗もちょうど空になった。わたしは立ち上がり、母を手伝って、男たちの碗を順番に台所へと運ぶ。

「ヴァージャンミェン、気に入ってもらえてよかったね」

母にそういうと、ねえ、と母はさすがに機嫌がよさそうなのだった。たっぷり作っておいた炸醬を、ちょうど茹で上がってきた麵にまたかける。母とふたりで二杯目のヴァージャンミェンを居間に運ぶと、マッテマシタ、と瀬戸さんがうれしそうにいう。父も、身をのりだして二杯目にかかりはじめる。

「お祖母《ばあ》さまからの味なのね……」

一杯目の碗を空にした瀬戸さんのお母さんがしみじみという。

「順々に受け継がれてゆくのね、うらやましいわ、あたしたちには娘がいないから」

二杯目のヴァージャンミェンを啜っていた瀬戸さんのお父さんが苦笑する。父が箸をとめる。

「あなたがたには素晴らしい息子さんがおふたりもいらっしゃいます」

あっ、と母。

「ノリくんの分、足りるかしら！」

わたしの分をあげたらいいわ、と姉がいう。おなかいっぱいになっちゃった。まあ、もうおなかいっぱいなの、と瀬戸さんのお母さん。だから歓歓ちゃん細いのよ、だめよ、これからはしっかり食べて栄養つけなくっちゃあ。そうよ、おねえちゃん、と母が同意する。瀬戸さんも、おれもそう思うぞ、という。みんなから注目された姉は、おなかをさすりながら幸福そうな照れ笑いを浮かべる。

*

夏が近い。日差しが濃密になってゆきつつあった。ウェイウェイの夏休みは始まったばかりだ。わたしは、それは、わたしにとっての春休みのような時期なのだろうと考える。夏が終われば、それまで通っていたのとは別の学校の生徒となるのが予定されている日々。学年が九月から改まるということは、中学を修了したばかりの子どもたちは、太陽に灼《や》かれながら、もうじき高校生となるわが身をもてあましたりするのだろうか。わたしが、春になるといつも、短い休暇のあいだじゅう、奇妙な興奮に包まれていたように。

ウェイウェイは十六歳だった。

わたしは、ウェイウェイに中国語で話しかけられるたび、舌がもつれて困った。ウェイウェイはといえば、わたしの中国語がひょろひょろと乱れてゆくのを、なんともない顔で気長に見守っている。ウェイウェイは、気の強い母親と毒舌の父親のどちらにも似ず、おっとりとした性格だった。本人曰《いわ》く、長い受験戦争を戦い抜いたばかりで気がぬけているだけだ、と。わたしは笑った。

一緒に迷子になったとき、ウェイウェイの背丈はわたしの腰のあたりぐらいまでしかなかった。なのにいまでは、並んで歩くとき、ウェイウェイに話しかけるたび、わたしのほうは顔をすこしあげ、ウェイウェイはからだを心持ち傾けて、ちょうどいいぐらいなのだ。

大皿に入ったさくらんぼを一緒につまんでいると、ウェイウェイが、Yuán sù、に行きたいといった。

「Yuánsù？　Yuánsù 是什么意思?」

Yuánsù ってどういう意味？　わたしは聞き返した。ウェイウェイはわたしに聞き取れるよう、ゆっくりと説明する。

「Yuánsù 是不是東京很有名的繁華街……聽説，有很多年輕人……」

（Yuánsù ってのは、東京の有名な町じゃなかった？　ほら、たくさんの若い人か……）

あっ、わたしは思いつく。原宿、のことね！

「ハラジュク……」

わたしは急いで、そこにあったメモに走り書きした。わたしが「原宿」の、宿の、ウ冠を書き終えたところで、

「對，對！」

（そう、そう！）

おおきなからだを揺らしながらウェイウェイは嬉しそうにいった。

「好，那儿我下个星期天带你去……」

わかったわ、それじゃあ、来週の日曜日、あなたを連れて……までいって、いいあぐねてしまう。

「Yuánsù」

ウェイウェイが助け舟を出してくれる。

「是！　原宿！　（Yuánsù）」

今度はウェイウェイが、

「原宿，日語怎麼說？」

Yuánsù は、日本語ではどういうの？　と聞いてくる。わたしは唇を指さしながら、

「はらじゅく！」

「ハラジュク？」

じょうずね、ウェイウェイ、とわたしは日本語で褒めてやる。アリガトゴザマス、といったウェイウェイに、

「不是〝アリガトゴザマス〟，是〝アリガトウゴザイマス〟！」

と訂正してから、

「谁教你〝アリガトウゴザイマス〟？」

（だれに、アリガトウ、って教わったの？）

とたずねた。ウェイウェイは、舅舅そっくりの顔つきでにっかりと笑い、

「阿嬤！」

わたしは、我的阿嬤、といったとき張先生から、你说的是祖母的意思吗？　と聞き返されたことを思いだす。あなたがいっているのは、祖母、のことですね？　そういわれてはじめて、わたしは、阿嬤、というのは中国語ではなく、台湾語であるというのを知ったのだった。

「這次，阿嬤教我幾句日語，但是對我來説日語很難，記不下來！……」

ウェイウェイはいう。今回、おばあちゃんが日本語をいくつか教えてくれた。だけど僕にとって日本語ってむずかしいんだよね。なかなか覚えられない……わたしは笑った。ウェイウェイは難関校をパスするぐらい賢いんだから、日本語を覚えるのだって簡単よ、といってあげたかったけれど、中国語でなんといえばよいのかわからず、もどかしい。そう思っているあいだにも、オハヨ？　オハヨ？　と、ウェイウェイは祖母から教わってきたひとつであろう日本語をわたしに披露してくれる。もう午後よ、おはようはおかしいわ、といおうとするが、それを中国語でなんといおうかと考えていると、すでにウェイウェイは、アリガト、アリガト、と次の挑戦をはじめている。しかたがないので、

「你日语说得很好！」

あなたの日本語じょうずよ、ざっくりと褒めてやる。

「是嗎！」

ほんとうに！　とウェイウェイ。是，是とわたし。それからふたりで苦笑しながら顔をみあわせる。

「小時候，我看你們跟阿嬷用日語會話，那時候我每次都覺得你們很厲害！……」

（小さい頃、ぼくはきみたちがおばあちゃんと日本語で喋っているのをみて、あのとき、ぼくはいつも、きみたちってすごいなって思っていたんだ！……）

是吗？　わたしはわざと目を見開いてみせる。姉がみていたら、エミちゃんたらまたおねえさんぶって、とからかうだろう。是啊！　ウェイウェイは元気よくこたえた。

「我爸爸常說！　阿嬷說的日語比她說的國語好得多！」

（パパがよくいってる。おばあちゃんの日本語は、おばあちゃんの中国語よりもずっといいって）

それは、母もよくいっていたことだ。みんな、いっていたことだ。祖父母は、日本語で教育を受けた世代なので、そのあと台湾で「国語」として指定された中国語よりも、子どものとき学校で覚えた日本語をずっとじょうずに話す。

——長成大人以後，才開始要學新語言，非常非常辛苦。

（おとなになってからね、あたらしい言語を習得するのは大変）

母がそういっていたのだから、きっと祖母だっておなじだった。わたしは、祖母のどうしても舌足らずな中国語を、母がきょうだいたちと、おかしいおかしいと笑っているのを想像する。それは、姉とわたしが、母の、いつまでたってもどこかとぼけた日本語を、おかしいおかしいとからかうときと、きっととても似ている風景であったのにちがいない。そんな祖母が、娘の生んだ娘たちと、日本語でお喋りをするだなんて、きっとだれも想像していなかっただろう。

——あの人が生きていたら……

急に、わたしは思い出す。祖母が、彼女の初孫である歓歓の新郎の手を握りながら、感慨深そうに日本語で呟いたときのこと。

——喜んだでしょうね。あの人は、日本語を喋るのがとても好きだったから……

瀬戸さんの手を握りながら、この人は立派なひとね、学校の先生だものね、となんども日本語でいってみんなを笑わせていた祖母が、しみじみとそういったとき、姉がうつむくのが見えた。姉は、おじいちゃんっ子だった。台湾滞在中、瀬戸さんは、祖母が、古めかしいながらも丁寧な言葉遣いで流暢に日本語を話すのに、深々と感動を覚えているようだった。

日本語、とわたしは思う。祖母と、そして、祖父の、日本語。わたしは親指の爪を噛んだ。ウェイウェイが、エミちゃん、と、彼の両親と同様、唯一正確に発音することのできる日本語でわたしに呼びかける。

「我的名字，日語叫什麼?」

（ぼくの名前って、日本語でなんていうの？）

あなたの名前を、日本語でなんていうのかって？ウェイウェイの中国語を復唱したわたしに、

「聽說，日本有特別的字。如果用那個字叫我的名字，怎麼念呢？」

（ほら、日本には特別な文字があるでしょう。あれでぼくの名前を呼んだらどうなるの？）

それでやっと、わたしはウェイウェイが、自分の名前の漢字を、ひらがなに読み下して欲しいというのがわかった。そこでメモ帳とペンをとりだし、ホラ、という。

「黄志偉」

台湾式の漢字、あの複雑な繁体字をわたしは書けなかった。かといって、台湾人であるウェイウェイの名前を、中国人である張先生に手ほどきしてもらった簡体字で書くのもどうだろうと思い、本人が日本の読み方を知りたがっているのだからと、日本の漢字で書いたのだ。念のため、ひと文字ずつわたしは考える。

「黄」は、「こう」でまちがいない。「黄河」が「こうが」と読むのだから。「志」は、これも「し」がよいだろう。最後に「偉」。ウェイウェイのウェイは、この、wěi、という音をふたつ重ねたものであるのを改めて思い知りながらわたしは、

「こう、し、い」

といった。

「コウ、シー？」

「こ・う・し・い。你要念一个一个字」

一文字ずつ、区切って呼んで、といいたいけれど、中国語だと、やはり舌足らずになってしまう。それでも、わたしのいおうとしていることをウェイウェイはちゃんとわかった。

「コ、ウ、シ、イ」

日本語を発音したことのない口が、懸命に、わたしの発した音を復唱している。これは、リミちゃんに対してしたこととおなじことだな、とわたしは思う。漢字というものを共有している日本語と中国語であるからこそ、できること。不意に、思い出す。

——エミちゃんは子どもの頃、名前でからかわれたことある？

いつだったか、姉に聞かれたことがある。わたしは聞き返す。名前で？　姉は一息おくと、

——……たとえば、へんな名前、だって。

わたしは考える。あったような気もするけど、忘れちゃった。そういうと姉は淋しそうに笑った。それから長い溜息をつくと、

——あたし、歓歓って、自分でもいい名前だと思うわ。もちろん、笑笑もね。

あたりまえじゃない、わたしは笑う。

——姉妹で、歓笑。こんないい名前、ほかにないわ。

そうね、姉はうなずいた。ずいぶん昔にした会話のようにも思えるけど、ついこのあいだで

あったような気もする。みんなで母のヴァージャンミェンを食べた日の夜も、姉と名前の話をした。姉妹で食器を洗っているときだった。

——わたしね、子どもの頃、自分に子どもが生まれたら、日本語で発音しても中国語で発音しても、おかしくない名前をつけようって誓っていたの……

お皿の泡を洗い流しながら、ん、とわたしは相槌をうつ。ところがねえ、と姉が続ける。

——今は、そうは思わないのよ。だって……

わたしは水道の蛇口をひねって、水を止めた。

——かんかん、も、しょうしょう、も、すごく素敵な響きなんだもの。

そういった姉の瞳がしっとりと潤んでいた。そうね、わたしはいう。ほんとうにそうよ、おねえちゃん。かんかん、も、しょうしょう、も最高の名前よ。

夏が近い。秋がきて、冬をすごし、また春が巡ってくれば、わたしは、叔母となる。予定日は三月二十四日。わたしの二十三歳の誕生日にあたる日だった。

冒頭の一文は、サンドラ・シスネロス「わたしの名前」(『マンゴー通り、ときどきさよなら』所収、くぼたのぞみ訳、白水社刊)／Sandra Cisneros "My Name" (The House on Mango Street/Vintage Books, a division of Random House, Inc., 2009) より引用しました。

Uブックス版あとがき

言葉を知らなかった頃の記憶を出発点に、小説を書いてみたい。赤ん坊だった自分の周囲にあふれる音のざわめき、大人たちが交わしあう声のリズムや抑揚。言語を言語と認識する以前の、ありとあらゆる言語が私の「母国語」となり得る可能性を持っていた幸福な無文字時代の記憶を書くところから、小説を始めたい……やっとのことで、それらしい手応えを得て最後の一行を書き終えたとき、完成した原稿を前にして私は、おんゆうじゅう、という姓名を名乗りながらこの国で育ったことを心の底から喜びました。

本書に収められた二つの小説は、私の原点であり源泉です。言葉によって世界を分別する以前の感覚は、私が書き継ごうと願っているものの源なのです。

未だに、私が書かなければ誰にも書かれないであろう小説を、どのように書けばよいのか手探りする日々です。筆力がなかなか追いつかず途方に暮れてばかりなのですが、どうしてだか書きたいという思いだけは尽きそうにありません。

そんな私にことばの遍歴を辿るエッセイの執筆を勧めてくださったのが白水社編集部・杉本貴美代さんでした。本書が私の創作の原点ならば、その後の四年を費やして書いた『台湾生ま

れ　日本語育ち』は、私のこれからの作家活動の基盤です。同書の読者にも届けたいという一心で、本書の刊行にご尽力くださった杉本さんの思いは、私自身のものでもあります。凜とした佇まいの同シリーズに『来福の家』が仲間入りすることに賛同してくださった白水社の皆さまに心から感謝いたします。

また、この場を借りて、私を作家として世に送り出してくださった元すばる編集部の水野好太郎さん、単行本担当者の武田和子さん、お名前を挙げればきりがないのですが集英社の関係者各位にも厚くお礼を申し上げます。

第三十三回すばる文学賞の選考委員のおひとりとして「好去好来歌」を「日本語文学の裾野を広げうる」作品と評した星野智幸さんが、めぐりめぐって本書の解説者としてふたたび私の「文学」を歓迎してくださることに、喜びと同時に救われるような思いもあると言い添えておきます。この国で育ちながらも、日本人ではないという（今思えば些細な）理由で、うろたえてばかりいた私は、「日本語」と「文学」が本来的に備える寛容さによって常に支えられてきたのですから。

最後になりましたが、本書を必要としてくださる全ての方々へ。

私にもあなたにも、日本と日本語が豊かな場所でありますように。

二〇一六年八月、東京にて

温又柔

解説　移民の子どもたちの凱歌

星野智幸

日本の文学には、移民を書いた作品があまりにも少ない。日本から出て行く移民も、日本に入ってきた移民も。ルーツと異なる土地に暮らす人を移民と呼ぶならば、わずかに在日の人たちの文学が、狭間に置かれたアイデンティティを描いてきたきりだ。

けれど、現実には、今の日本社会にはさまざまな地域からの移民の子どもたちが、たくさん暮らしている。例えば、芸能界やスポーツの世界を見てみれば一目瞭然。かれらの多くは今、二〇一六年の時点で二十代だから、約二十年前に親の世代は日本にやって来て、働き、この地で生活を築いたことになる。二十年前といえば、バブルは崩壊したものの、日本はまだ世界二位の経済力を持ち、中東や南米を中心に、デカセギの人たちが何十万人と入ってきていた時代だ。

にもかかわらず、その姿はほとんど表に出てこなかった。最近になって、日本政府が難民申請のほぼすべてを却下してきた事実が知られるようになってきたが、難民以前に、移民の存在自体を見えないようにしてきたのが、この社会だった。そして文学も、移民の姿を描かないという態度において、その不可視化に加担してきたと思うのである。

そこに二〇〇九年になってようやく登場したのが、台湾にルーツを持つ温又柔さんだ。本書に収録の「好去好来歌」でデビューした当初、温さんは、自然な多言語環境のもとで日本語文学を豊かに広げる作家として、高く評価された。一九九〇年代に英語を母語とするリービ英雄さんが日本語で小説を書いて以来、日本語ネイティヴではない日本語文学の書き手たちが認められるようになっており、温さんもまずはその書き手たちの作った道を通ってきたと言えよう。だが、じつは以下の二点で決定的に異なってもいた。大人になってから自分の意志で日本へ移住したのではないこと。温さんは、親の移動に伴って、三歳から日本に住んでいるのである。そして、台湾語・中国語を最初は話しつつも、三歳以降に習得して恐らく無意識の領域をも規定しているだろう日本語の、ネイティブではないとも言えないこと。

温さんが移住したのは一九八〇年代。以降、移民の子どもたちは増え続け、マジョリティとは言えないにせよ、いわば普通の存在になりつつあったはずだ。けれど、日本社会は、それを「普通」とは見なさなかった。むしろ、「普通」という言葉を、移民を線引きし、見えなくさせるために使った。そのことに「好去好来歌」の主人公、楊縁珠は、とても敏感だ。

台湾人の父と母の日本移住に伴って三歳から日本に住み始めた楊縁珠は、幼いころ、台湾語・中国語とカタコトの日本語をごちゃ混ぜに話す母親を恥ずかしく思い、次のような怒りをぶつけてしまう。

――どうして、ママはふつうじゃないの？　あたしも、みんなみたいに、ふ﹅つ﹅う﹅の﹅マ﹅マ﹅が欲しかった！（中略）おばあちゃんが、ママなら、良かったのに！

日本の植民地時代に日本語教育で育った祖母は、「ちゃんとした日本語」を話すからだ。「標準」から排除されているとどこかで感じている縁珠は、「ふつう」「ちゃんとした」「本当の」「正しい」といった言葉に、いつも脅かされている。それらの言葉はいつも線引きをしてくる。

その線引きを最も強力に保証するのが、パスポート、国籍だ。

縁珠の恋人、麦生が中国に留学することを打ち明けたとき、縁珠が最もショックを受けたのは、麦生がこれからパスポートを取るという事実だった。縁珠にとってパスポートとは、日本に住むために持たずにはすまされない最重要の証明書であるが、日本人が日本で暮らすうえでは持っていなくてもすむものなのだ。日本人は自分が何者であるか証明する必要はなく、自明であるが、縁珠は常にそれを説明する義務を負っている。麦生と変わらず日本で育ち普段は日本社会にアイデンティファイしている一員なのに、縁珠は自分と麦生の間で線が引かれていることを目の当たりにし、傷つく。だから、麦生が縁珠の母に覚えたばかりの中国語を話した後、取得したてのパスポートを縁珠に無邪気に見せたとき、縁珠は「腹の底から、火の塊がつきあが」り、こう言い放つ。

「日本人のくせに、どうして中国語を喋るの？」

ほとんど日本語しか話せない台湾人の縁珠の、持っていき場のない二重三重の怒りと悲しみが読む者の胸を衝く、名場面だ。

さらに美しいのは、その感情を解毒してしまう、縁珠と母とのやりとりである。

将来、縁珠が日本人と結婚する可能性を見越して、母が心配を口にした際、母は縁珠のことを「中国語を話さないあなた」と言うのである。縁珠が何語を話すかは、他者からの線引きの問題ではなく、自分個人の選択の問題であることが、ここでほのめかされる。

この小説には、二つの世界観がせめぎあっている。複数の言語が入り混じる状況と複雑なアイデンティティを持つ自分を、自然なものとして肯定する世界観。そこでは、そんな立場の人たちがいろいろ混在していることが普通になっている。それに対して、さりげない言葉に線引きをにじませ、おまえは標準ではない、と自覚を強いてくる世界観。書き手の温さんは、後者の暴力性を言葉から感じ取り、明るみに出し、言葉だけでもってその暴力性に対峙する。そして、言葉でその暴力性を食い止めることで、前者の世界観を解放しようとする。縁珠の母が「中国語を話さないあなた」と言うことで、「○○語を話せない＝○○人ではない」と境界を作ってくる暴力を無効にし、これから選んで話すこともできるという、選択と可能性の問題に転換したのは、まさに前者の世界観が十全に解放された瞬間だといえよう。

ここには、温さんと同じような境遇にある誰もが、どの言葉であっても自分の存在を表現してよいし、できるのだという、徹底した肯定力が含まれている。「多言語状況の豊かさ」と評価するのは簡単だが、その「豊かさ」とは、言葉で世と格闘しなければ自分の存在を示すことができないという理不尽な境遇にあって、あらゆる言葉で存在を示すことを可能にしたこと、である。いつでも線引きの外側に置かれる危機にある者たちにとって、そんな線引きはインチキで、自分たちも同等にこの社会に生きていることを、言葉だけを武器として示して見せたことで実現できた、豊かさなのだ。

ニホンゴ、中国語、台湾語、ママ語、すべて音として同等に混ざって生きている言葉たちを、温さんが文字として示していくそのありさまが、日本社会の中で自明ではない存在の人たちの生きざまそのものを、表現している。そのほとばしるような熱い生の感覚が、この小説の言葉からはあふれてくる。

「来福の家」は、同じ台湾からの移民の子でも、縁珠とは微妙に異なる立場の笑笑を描く。その違いとは、日本で生まれたこと。だから、最初から日本語ネイティブとして育ったこと。性格設定の違いもあるだろうが、「好去好来歌」では常に縁珠の敏感なセンサーに引っかからずにはいられなかった「標準」を示す言葉たちが、緩やかな違和感を喚起する程度で通り過ぎていく。

ここでも、笑笑の生きる世界像を表すのは、母親だ。日本語、中国語、台湾語が混じる中、家では家族同士、何語で話すのか、と問われたとき、母は「鷹揚に笑いながら」こう言う。

——おうちでは、適当適当！

この母の体現する混在の世界観を、マジョリティの線引きに振り回される移民の子たちが、いかに肯定していくかが、本書で追い求められていることだろう。それは書き手だけでなく、読み手も一緒になって行う作業である。

かく言う私も、温さんの小説やエッセイを読むことで成長してきたことを、この解説を書くにあたって久しぶりに再読して、痛感した。日本語文学の歴史に欠かせないこの作品集が復刊されたことに、深い喜びを覚える。

この小説の後も、温さんは進み続けている。その過程は、第六十四回日本エッセイスト・クラブ賞を受賞した長篇エッセイ『台湾生まれ　日本語育ち』（白水社）に、見事なまでに言語化されている。本書の後に読むと、さらに深い感銘が待っているだろう。

（ほしの・ともゆき　作家）

本書は2011年に単行本として集英社より刊行された。

白水uブックス　1131

来福の家

著　者 © 温《おん》又《ゆう》柔《じゆう》
発行者　及川直志
発行所　株式会社 白水社
東京都千代田区神田小川町 3-24
振替　00190-5-33228　〒 101-0052
電話（03）3291-7811（営業部）
　　（03）3291-7821（編集部）
www.hakusuisha.co.jp

2016年 9月 30日第1刷発行
2018年 10月 20日第2刷発行
本文印刷　株式会社精興社
表紙印刷　クリエイティブ弥那
製　　本　加瀬製本
Printed in Japan

ISBN978-4-560-07208-0

乱丁・落丁本は送料小社負担にてお取り替えいたします。